作家小书房

一切都源自童年

小翅膀

周晓枫　著

作家出版社

图书在版编目（CIP）数据

小翅膀 / 周晓枫著. -- 北京 ：作家出版社，2018. 9
（2022. 10重印）
ISBN 978-7-5212-0047-8

Ⅰ. ①小… Ⅱ. ①周… Ⅲ. ①童话 - 中国 - 当代 Ⅳ. ① I287.7

中国版本图书馆CIP数据核字（2018）第121852号

小翅膀

作　　者：周晓枫
策划编辑：左　昡
责任编辑：邢宝丹　桑良勇
插　　图：张　璇
装帧设计：慢半拍
出版发行：作家出版社有限公司
社　　址：北京农展馆南里10号　　**邮　　编**：100125
电话传真：86-10-65067186（发行中心及邮购部）
86-10-65004079（总编室）
E-mail:zuojia@zuojia.net.cn
http://www.zuojiachubanshe.com
印　　刷：中煤（北京）印务有限公司
成品尺寸：148×210
字　　数：55千
印　　张：4.5
印　　数：108109-113108
版　　次：2018年9月第1版
印　　次：2022年10月第8次印刷
ISBN　978-7-5212-0047-8
定　　价：29. 80元

目录

小翅膀不喜欢自己的工作

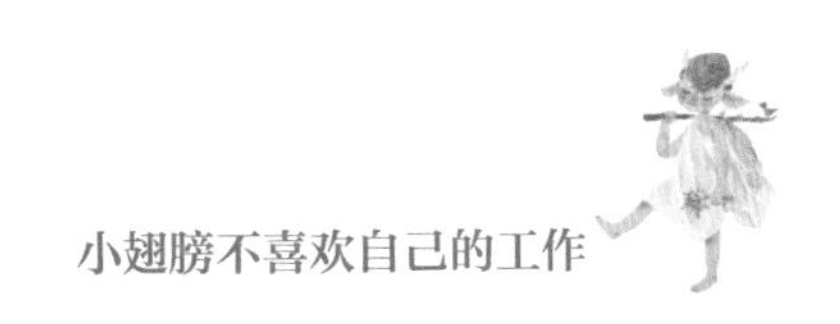

不公平，真不公平！有的小朋友敲开树皮色的硬壳，里面有白胖胖、香喷喷的果仁；有的小朋友同样丁丁当当花了力气，打开一看：也是白胖胖的，却是一条正在午餐的肉虫。虫子被打扰了，气得摇头晃脑，在发脾气呢，嘴角泛出一层奇怪的泡沫。

所以啊，这个世界上，有人天生幸运，比如，那些发放美梦的小精灵。他们住在美梦峰上。各种美梦，都打着各种颜色的漂亮丝带，有芳香的气味：水果味儿的、饼干味儿的、蜂蜜味儿的、酸奶味儿的，当然最多的还是鲜花味儿的……还有各种各样的花花草草味儿的，数都数不过来。而且，美梦都有好听的名字，就贴在蛋糕般的包装盒上。小精灵们提起这些美梦，把它们一一放到孩子们入睡的枕头上。知道吗？小精灵们根本不怕拿错了，反正所有的美梦都是受欢迎的，就像红色的水果糖和绿色的水果糖同样好吃。那些美梦，就像冰淇淋一样渐渐融化在夜色里，包括那个蛋糕样子的包装盒，也像糯米糖纸一样化掉啦。虽然什么痕迹也没有，可一觉醒来的孩子先笑了，因为，他们得到了秘密的礼物。孩子们猜想，那些送美梦的可爱小精灵，今晚会再来吗？

可惜有些天生的倒霉蛋，比如小翅膀，住在噩梦谷。此时，他垂头丧气地拎着今晚要去派送的任务——哎呀，比美梦沉多了，还散发出隐约的怪味儿！拎着它们，小翅膀的心也变得沉重起来。不错，小翅膀是个没有好运的小精灵，他的工作是：专门负责投放噩梦。

没有谁喜欢噩梦，包括小翅膀自己。

本来黑夜就让人害怕。唯一美好的，是睡觉前妈妈趴在耳边讲的故事，什么小羊和兔子的友谊，什么不说话的小人鱼和会说话的苹果树，什么打呼噜的河马、走路不留脚印的蝴蝶和爱说梦话的蜜蜂……妈妈的故事多得讲不完。除了这些故事，夜晚还有礼物，就是萤火虫一样在黑暗里闪耀微光的好梦。它们美得就像是可以看得见的童话。

可惜，不是所有的梦都是好梦。有的梦降临，我们就像被蚊子叮出一个包，醒了也不舒服；有的梦降临，孩子们像被大屁股的蜜蜂打了一针，又怕又疼，

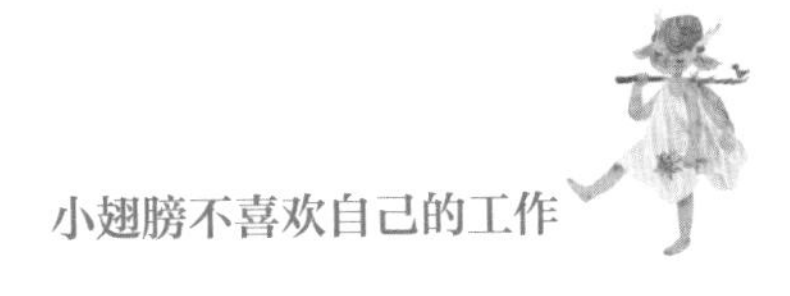

醒了还哭呢。小翅膀要送出去的这些噩梦，不仅颜色灰暗，而且奇形怪状，小翅膀得把它们捆绑起来才能运送。小翅膀踢了其中一个怪梦一脚，“哎哟！”它硬邦邦的，刺出来的尖角还扎了小翅膀一下。

那些被吓哭的小孩子，都不欢迎小翅膀的到来。他们让爸爸妈妈把门和窗户都关得紧紧的，上好最结实的锁，有时还要开灯，或者在枕头下放好一把小木剑。这些让小翅膀心里很难过，他知道自己不受欢迎，好像一切都是他的错。可小翅膀也没有办法，这是工作，必须完成。其他送噩梦的小精灵，不管孩子怕不怕，他们放下噩梦，就完成任务飞回来。只有小翅膀，心事重重。

小翅膀磨磨蹭蹭，不想出门。可时间到了，只有蚕还在编织自己的睡衣，孩子们都已经钻进暖融融的被窝。噘着嘴的小翅膀，只好不情愿地出发啦。

浆果和毛毛虫家族

这时候，浆果刚刚睡着。她快八岁了，上小学二年级。浆果的眼睛很亮，牙齿很小，齐帘的刘海整齐得像一把尺子。浆果会背古诗，她背诵的时候，家里的猫咪都愿意跟着哼两声。可爱的浆果有个弱点——许多女孩都这样，所以，也算不上什么弱点——浆果胆小，最怕毛毛虫。就连杨花的穗子都让她害怕，因为长得有点儿像毛毛虫，所以春天的时候，浆果经常蹦蹦跳跳的，为了躲避脚下杨树掉落的花穗。

越害怕什么，就越来什么。浆果的同桌打打，是学校有名的淘气包：上课说话，做小动作；下课疯跑，把老师都撞个大跟头。前两天，打打爬树时发现了一只绿色的毛毛虫，他可不管皱着眉头的毛毛虫愿意不愿意，就兴致勃勃地把毛毛虫带回来，给它搬了个新家，搬到浆果的铅笔盒里。

准备取出铅笔做数学题的浆果，正好和抬起头的毛毛虫对视——离得太近，毛毛虫都快碰到浆果的鼻尖啦！“哇”的一声，浆果的眼泪就像从坏掉的水龙头里流出来，止都止不住。

被吓坏了的浆果，不仅没有上好那天的课，晚上回家都忘不了毛毛虫。尽管打打在老师的督促下向浆果道歉了，尽管妈妈搂着浆果睡觉，可浆果想起打开铅笔盒的那一幕，还是魂飞魄散。

没想到的事还在后面呢。她不知道，小翅膀今晚要送来的，正是一个关于毛毛虫的噩梦。

小翅膀飞过树梢的时候，突然听到有人叫他：“喂，喂，请等、等一下……”声音不大，奶声奶气的。小翅膀停下来，没有看见谁。“我在这儿，在这儿！”这回，小翅膀发现啦，原来是条胖乎乎、圆滚滚的毛毛虫，他着急地从树叶背面爬出来，累得气喘吁吁、满脸通红。毛毛虫平时不爱运动，不，他唯一喜

欢的运动是抬起头、低下头、不停地用牙齿咀嚼树叶，像个裁缝操作着一台小型缝纫机……他最讨厌体育活动了，除非是从一片树叶挪到另一片树叶的时候。所以，刚才急忙地赶出来和小翅膀见面，毛毛虫的呼吸都急促了，等了好一会儿，他才平静下来。

“你要去浆果家，我知道！今天晚上的梦里，我是主角，那天制梦师专门给我拍照片了，是剧照！”小翅膀知道，所有的梦境被创作出来都不容易，有时制梦师绞尽脑汁，也想不出新故事。不过制梦师非常勤奋，经常背着照相机和素描本到处跑，在生活中寻找灵感去构思。没想到，小翅膀正好碰到今天梦境的主演。

这条毛毛虫的脸上挺光滑，不像身上全是支棱棱的毛刺。他滔滔不绝地聊了起来：“哎呀，我还从没有过那么大的照片呢，有标准照，有特写，对了，还有全家福！住在这棵树上的毛毛虫，连远房亲戚带邻居都赶来啦，我们一百多条毛毛虫一起照的！”

这个品种的毛毛虫每条都长得一模一样，绿脑袋

绿身子，长满朦胧的毛刺，他身体的每个环节中都有一根橘红的色带，像是用很多条腰带才能捆住他的肉肉。毛毛虫之间根本看不出有哪里不同，他们就像几千几百个孪生兄弟。毛毛虫不知道，那天可把照合影的制梦师累坏了，有的毛毛虫说他眨眼了，有的说他的头发乱了，有的毛毛虫说位置站错了，要换，要挨着自己的妹妹……天知道，他们根本没有区别的好吗？

毛毛虫回忆起来，满是自豪："浆果能看到我们家

族的合影，她真幸运啊！”

“可是，可是……”小翅膀犹豫着该不该把事实告诉毛毛虫，怕伤害他的自尊心。

“怎么啦？”毛毛虫迷惑地看着小翅膀，“是不是照片不是彩色的？黑白片会影响效果，美梦就没有那么美啦！”

小翅膀支支吾吾，还是说了实话：“不是美梦，是噩梦。浆果害怕你们的样子，她会被吓哭的。”

这条毛毛虫刚降生不久，从岁数上说，也是个小孩子呢。他没想到，连看起来脾气最温和的小姑娘都讨厌自己，这也太打击他的自尊心啦！毛毛虫有点儿难堪。

“真是的，我们有什么让人害怕的地方？我们的身体软软乎乎的，我们五颜六色，每天都穿得像过节，不就是有点儿毛毛刺刺吗？”毛毛虫抱怨，“人类还有头发呢，有黑头发、黄头发、红头发，有的能从黑头发变成白头发，还有的昨天还是棕头发，今天就染成蓝头发；而且头发还会长，发型一会儿变成这样、一会儿变成那样，想想，不是更吓人吗？对了，有的人类还有胡子，听说比毛毛虫的刺硬多了，能把孩子的脸蛋扎疼，疼得让他们自己的孩子都哭起来。可我们的家族聚会，几百只毛毛虫拥抱在一起，只觉得温暖，像被毛毯裹起来，没有谁会不舒服！人类有什么资格讨厌我们？哼！我们多可爱呀！”毛毛虫不服气，可说着说着，他沮丧起来，“唉，就算是用人类的剃须刀，把我们身上的毛刺剃干净，他们也不会喜欢我们的。”

小翅膀也很难过。本来给浆果送噩梦就够倒霉的，没想到，还惹得梦境里的男主角不高兴。今天一晚上，要伤害和得罪两个小家伙，小翅膀不知道该怎么去安慰。

这时，毛毛虫抬起胖胖的双下巴，对小翅膀说：“不行，我不同意你就这么把梦境送出去，那会破坏我们的家族声誉。我们才不在你的梦境里当坏人呢！早知道制梦师让我演的是反面角色，我才不让他拍照！难怪，有两张，我还没有准备好，制梦师就咔嚓咔嚓按了快门。原来，把我们照得越难看越符合恐怖

片的剧情!”

小翅膀看看月亮，月亮斜起来的角度已经不一样了——这说明，他跟毛毛虫的聊天已经耽误了一会儿工夫。小翅膀抱歉地说：“对不起，我也不愿意这么做，可没办法，我得走啦。”

“难道你就这样对待你的工作吗？好像很认真，可我觉得，你一点儿都没有热情和爱心。”气愤的毛毛虫顾不得礼貌了，提高音量抗议道，“难道，我们就不能想想办法，改变一下结果吗?”

毛毛虫的话让小翅膀愣了一下。他想到了一个主意。

“听我说，浆果是因为不了解你们才害怕的。她的爸爸和妈妈长着满脑袋张牙舞爪的头发，浆果为什么不害怕呢？因为浆果熟悉他们，熟悉他们的长相和气味。如果浆果也能认识和了解你们，也许她就不会那么害怕了。”

毛毛虫的眼睛一下子变得亮晶晶的：“当然！可

是，怎么才能让浆果了解我们呢？”

小翅膀和毛毛虫又发愁了。

只要肯动脑筋，所有难题后面都藏着的好办法，一定会被找出来的。

毛毛虫决定去找一条能帮他们的毛毛虫，他的叔叔！

找呀找，找呀找。这片树叶后面什么也没有，这片树叶后面是只七星瓢虫。这片树叶呢？哎呀，吓死了，是举着两把大刀片的螳螂！快跑！

叔叔到底在哪儿，他藏在哪片树叶下呢？

毛毛虫动作太慢，只好由小翅膀抱着，用自己的圆脑袋拱起一片又一片的树叶。小翅膀把噩梦背在身后，胳膊向前伸，两只手张开，托住仙人掌似的毛毛虫。毛毛虫的刺的确有点儿扎，弄得他掌心痒痒的，真想拍手，或者使劲揉搓一下——得忍住，要不然会弄伤毛毛虫的。毛毛虫平时慢吞吞的，现在，他努力加快脖子的运动，晃得自己有点儿头晕。

咦，什么东西？两头尖，中间鼓鼓囊囊的，像没

有花边的饺子，又像刚刚形成的花苞，或者谁丢失的一个包裹。毛毛虫兴奋地喊起来："叔叔，可找到你啦！"怎么回事？他和毛毛虫长得没有丝毫相似之处，而且，这家伙一动也不动。

毛毛虫告诉小翅膀：冬眠的熊会睡觉，每只毛毛虫也要经过一场漫长的睡眠，最美的梦境才能变成现实。时间一到，每只毛毛虫都会自己缝制大小合适的睡袋，然后舒舒服服地钻进去，蜷起身子……被窝里真暖和，睡啦！这场最重要的觉本来是不能被打扰的，可事情紧急，他们顾不了那么多了。

毛毛虫一边用头撞着蛹，像个撞钟的和尚，一边大喊："叔叔，醒醒，快醒醒啊！"

许久之后，才从里面传来回应。因为隔着厚厚的帷帐，声音听起来瓮声瓮气的："谁那么讨厌，门上明明贴着牌子，请勿打扰！难道没看见吗？"

"牌子？好像被风吹掉了。"毛毛虫向叔叔解释，"不过就算是挂着牌子，为了家族荣誉，我还是会来敲门的。我们需要一位英雄……”

睡着的浆果翻了个身，她还没有开始做梦，因为小翅膀迟到啦。等忙活了一晚上的小翅膀匆匆赶来的时候，天已经快亮了。

轻手轻脚，小翅膀把梦境放到了浆果枕边。

浆果梦见自己走在丛林里，看见一头大象用鼻子淋浴，一只鸟晾干羽毛。她一路蹦蹦跳跳，突然，被一棵大树挡住了。顺着粗粗的树干向上看，浆果吓坏了：毛毛虫！身子肥胖的毛毛虫们拱动着，首尾相连，排队爬向高处的树枝。沿着这条歪歪扭扭的“直线”，顶端的树杈上，许多毛毛虫组成一个肉团，有毛线团那么大，有气球那么大！浆果害怕，想喊妈妈，发不出声音，想跑，迈不开腿。更可怕的是，毛毛虫们都把脸转向浆果，努力地笑，就像浆果的班级正在照集体合影一样。睡梦中的浆果，睫毛快速抖动着，手脚冰凉。

快帮帮浆果吧！着急的小翅膀希望他和毛毛虫一起想出的主意马上见效。

绕过树干，吓哭了的浆果发现，梦境突然从黑白变成了彩色，从照片变成了绘画。树上，有个心形信封，收件人写着浆果的名字。浆果不敢碰，因为树的背面全是毛毛虫，她没有勇气看是谁写的信，宁可快点儿逃走。

就在这时，心形的信封打开了，像对称的门打开，透出明亮的光线。于是浆果看到那封毛毛虫写给自己的信：

亲爱的浆果，每个小孩子都一样，样子有点儿奇怪。你像我们这么大的时候，是藏在妈妈肚子里的，别人看不见。不过我们的妈妈肚子太小了，装不下我们，所以我们是在妈妈肚子外面长大的。你不习惯看到这么小的小孩，所以会害怕。我们不是有意想吓唬谁，只是凑巧长成这个样子。其实我们喜欢自己的长相，我们为此骄傲！因为我们会变得非常漂亮，是昆虫界著名的大美人。不吹牛，这都是真的，我们不变魔术，我们会让你看到真正的奇迹。

信写得歪歪扭扭的，字迹不好看，也不整齐——如果毛毛虫是自己的同学，班主任严老师肯定会批评他的——不过，浆果没注意到这些，她忘记了害怕，开始好奇。

小翅膀当然没告诉浆果，这封信，是毛毛虫用自己绿色的唾液写的。他的话有点儿啰嗦。当勉强写完最后一个句号，毛毛虫累得口干舌燥，说不出话，马上大口啃着树叶解渴，都来不及跟赶路的小翅膀说声“再见”。小翅膀也没有告诉浆果，梦的颜色之所以改变，是因为自己手绘了几张图画。毛毛虫边写信，小翅膀边照着毛毛虫叔叔的样子画画——尽管，毛毛虫

叔叔根本就没有从蛹里探出头来，小翅膀还是希望能把他画得好看一些。最后，信件和画片一起，被塞进梦境。原本的黑白梦境就加上了彩色的尾声。读过毛毛虫的信，浆果马上就会欣赏到小翅膀的画了。

浆果不认识图画上这枚奇怪的果实，比豆荚胖，比枣子瘦，像是挂在树上的风铃。说透明吧也透明，说不透明吧也不透明，浆果感觉里面有隐隐约约的图案，咦，外面还打着礼物的丝结呢。浆果凑近看，图画已自动翻到第二张，风铃一端正在裂开，包装被撕开了，露出里面发黑的蓝色。第三张图画呢，开裂的部分更大了，像花蕾正在酝酿着绽放……

就在这时，小翅膀用针扎了浆果的额头一下——这根针，是毛毛虫忍痛从自己身上拔下来的刺。“听说，人类生下来就会打各种疫苗，疫苗里有一点点儿病毒的成分，但是一点儿也不厉害，打了疫苗的小朋友就再也不怕这种病毒了。”聪明的毛毛虫说，“我们给浆果也打一针毛毛虫的疫苗，她就再也不害怕我们啦。”

浆果果然醒了，她的额头有点儿痛，还有点儿痒——不过，只有一点点儿，没关系，挠两下就好了。她记得刚才做的那个可怕又奇怪的梦：毛毛虫，逃跑，大树上的图画……虽然梦里受了惊吓，可是浆果还是有点儿遗憾，那朵像是风铃的花，打开会是什么样子呢？

浆果揉揉眼睛，突然发现，梦里的那个“风铃”，现在就挂在自己的纱窗上，而且正轻微颤动，有双黑亮黑亮的眼睛刚刚从里面努力地冒出来。

想不到吧？毛毛虫叔叔是个历险的英雄，是个有责任感的男子汉，他真的同意小翅膀把自己运送到浆果的纱窗上。他自己不能走动，就像是用担架抬来的。你知道，这是非常危险的行动，如果浆果不把羽化后的叔叔放出去，叔叔喝不到蜜露，会活活渴死的。何况，毛毛虫本来是非常害羞的动物，所以才会化成这样的蛹，独自躲起来变形，可现在离浆果这么近，在观众的眼皮底下，舞台上的毛毛虫叔叔会不会

演砸呢?

毛毛虫没有说大话，浆果真的看到了奇迹。

从睡袋里探出身体的毛毛虫叔叔，身体先是微微后仰，像杂技演员那样悬在空中，过了一会儿，他开始向上，虽然动作有点儿吃力，但他丝毫没有放弃。他在蛹里不吃不喝、一动不动地睡了两周，现在终于离开梦境，从束缚他的蛹里挣脱出来。毛毛虫叔叔用纤细的腿抓住纱窗，喘息着。浆果最初没有看出这只昆虫有多么漂亮。毛毛虫拖曳着的一团略有些皱巴的东西，像件湿雨衣似的挂在肩膀上。仅仅是几分钟后，恢复了体力的毛毛虫叔叔，像撑开伞骨般，“嘭”的一下，打开了优雅的翅膀!

天哪，翅膀闪耀着幽蓝的光芒，就像浆果入睡时候的夜空；而翅膀上面，对称装饰着几枚鲜艳的眼斑，花朵也不能和它媲美。微微翕动，翅膀上波光粼粼，映照着早晨的阳光。蝴蝶叔叔是个男的，但他那么花枝招展，他的翅膀比浆果的连衣裙鲜艳多了。好在，他一点儿也没觉得不好意思，反而非常骄傲——作为一只蝴蝶，他有无愧于声名的美丽。

浆果和小翅膀一起屏住呼吸，观看着这场非凡的表演。

上学路上，浆果还在想着那只蝴蝶，多么奇怪啊，

他怎么跑到家里的呢？她推开纱窗，让蝴蝶像个梦境似的渐渐飞远，但那个蝴蝶叔叔的秘密，永远都会藏在浆果心里。

毛毛虫长大了这么漂亮啊，或者说，蝴蝶小时候真难看。不过，浆果看自己小时候的照片，五岁的时候还行，两岁的时候脑门鼓得厉害，一岁时豁牙——浆果就像打开一组套娃，看到越来越小的自己。

浆果问妈妈："我再小的时候什么样呢？"

妈妈拿出满月照，一脸皱褶，红通通的。那是什么发型啊？像浴室用旧了的刷子，长短不齐，还立着……嘻嘻，有点儿像毛毛虫的发型呢。如果妈妈不说，浆果都不认识自己。

浆果问妈妈："那我再小时候、再小时候什么样呢？"

妈妈说："那时候你在妈妈肚子里呢。"

浆果歪着头："我在妈妈肚子里什么样呢？"

妈妈点着浆果的鼻子："那时候呀，你就像条小毛毛虫……"

八岁的浆果，自己也是从毛毛虫般丑丑的样子过来，长成现在人见人爱的小姑娘模样。她最喜欢一条蝴蝶图案的花裙子，穿上，浆果也像一只大蝴蝶。

不错，那是个噩梦，梦境里的树上爬满毛毛虫，他们正在聚会。但浆果想象，过不了多久，他们就会各自睡在蛹里，挂在枝条或者叶子上……那棵树就变成了一棵挂满铃铛和礼物的圣诞树。直到有一天，睡醒的毛毛虫一起变成蝴蝶翩翩起舞，就像施放了一场节日里的焰火。

浆果想着想着，咧开小嘴笑了。

快到校园的时候，浆果在路边树丛里看到一张蛛网。平常，浆果最怕毛毛虫，第二怕的就是蜘蛛。无论蜘蛛把网编得多么晶莹，多么有数学和建筑学的天赋，一想起蜘蛛同时穿着八只黑亮的高筒靴子，浆果还是怕的。

不过，浆果不能躲开，因为蛛网上挂着一只正在挣扎的蝴蝶。可能是刚刚撞上蛛网，蝴蝶还有劲儿折

腾，但蛛网牢牢粘住了他。虽然，这只蝴蝶不是浆果早晨放走的那只——这只很小，翅膀是豹纹图案的——但是浆果现在知道，每只蝴蝶之所以成为蝴蝶，都经过了艰难和漫长的努力。浆果找到了一根长树枝，小心地挑破蝴蝶周围的网丝——即使这个时候，网的主人——蜘蛛气势汹汹地赶来，勇敢的浆果还是没有放弃，直到蛛丝断掉，蝴蝶逃脱。浆果对蝴蝶挥手，说："下次小心点儿哦。"

浆果很高兴，她鼓起勇气对失望的蜘蛛说："你那么胖，饿一顿没什么。我妈妈总是控制食量，她要减肥，说瘦一点儿更好看。你呢，也要少吃一点儿才好。"

这天的课，浆果听得特别认真。她想，自己要向毛毛虫学习，无论从哪里出发，都让自己的每一天变得越来越美好；而且，以后要是毛毛虫遇到什么困难，自己都会帮助他，因为，那就是一只正在上幼儿园的蝴蝶啊，还是个小朋友呢，需要好好爱护。

至于那只用自己绿色口水写信的毛毛虫呢，浆果不会再有机会跟他见面了。因为等小翅膀闲下来去找他，想告诉他浆果发生了多么大的变化时，那只毛毛虫已经不在原来的树叶上了。他像他的爸爸妈妈、哥哥姐姐一样，像他那位英雄的叔叔一样，在安心的睡眠中，已经慢慢梦见自己变成蝴蝶。小翅膀知道，这是个必然成真的梦。

打打历险记

你们认识打打吗？就是那个有名的淘气包，那个把毛毛虫放进铅笔盒、把浆果吓哭了的打打？打打不高不矮、不胖不瘦，眼睛不大不小，头发不长不短，连他的学习成绩也是不好不差……反正刚见到他，你不会有什么印象。但是，用不了多久，你就会明白，打打的淘气名不虚传。

打打不仅把浆果吓哭了，他还惹哭了坐在前排的吴小蕾。他把吴小蕾最宝贝的芭比娃娃拴在一大把氢气球上。一松手，芭比越飞越高，这个骄傲的小公主只身旅行去了，连化妆包和换洗的裙子都没有带，把她的主人小蕾都急哭啦。

书法课，打打往李海海的墨汁里兑了海鲜酱油汁，招来了苍蝇，打打还假装无辜地说：“李海海，你的字写得这么臭！哪里臭，苍蝇就往哪里飞，现在苍蝇都知道你有一手臭字啦。”

副班长的宠物金毛犬，本来威风凛凛的。打打用蓝颜料刷了人家的大尾巴。因为美术课老师说：“黄色加上蓝色，能够调出画板上的绿色……”打打想知道，黄色的狗毛染了蓝色，会不会变成绿色的呢？

妈妈最怕去开家长会了，因为老师和其他同学的家长都来告状，说打打欺负同学：一会儿揪这个的辫子，一会儿绊那个的腿。有个低年级同学为了躲避打打，在楼梯上摔了一跤，多危险啊……作为打打的家长，妈妈脸都红了，不停道歉。

妈妈批评打打，叫他不要惹事。打打答应得好好的，可一会儿就忘啦。妈妈刚说过，不许打打多吃糖。第二天，打打就把厨房的盐罐和糖罐换了内容，结果每个菜都甜得……让人恶心。你能想象吗？连菠菜丸子汤都是甜的！

怎么对付这样一个淘气包呢？

小翅膀正在飞行途中，给打打送来梦境。哼，打

打这下可要吃苦啦。

打打本来睡得很香……突然醒了，感觉脑袋上湿漉漉的，好像洗澡后没擦头发，或者有谁朝自己泼了一盆水。打打睁开眼睛，发现自己并没有躺在床上，而是趴在一片草地上——那片草，高得像灌木丛似的。

接下来，打打更是被吓坏了，他看不见自己的胳膊和腿！打打使劲睁大眼睛，左转转右转转，两只眼睛再互相看看：竟然，自己的两只眼睛架在可以伸缩的触角顶端；而且，打打的整个身体就像胖胖的脚丫形状，还有点儿透明效果，就像爸爸刮胡子用的啫喱膏。

打打愣住了，直到又一颗露水滴下来，像兜头泼过来的冷水，才让打打清醒过来。哎呀，打打变成了一只蜗牛！

打打很伤心，可饿得厉害，他来不及想办法解救自己，决定先吃点儿东西填饱肚子。他犹豫了一下，低头啃了两口杂草：又苦又酸，还特别涩，比偷吃过的生柿子涩多了……打打连连呸了几口，还是觉得恶心。唉，妈妈不再把香喷喷的饭菜端上餐桌，笑眯眯地陪着打打一起吃。打打心里一阵难过，只能自己找吃的去。

作为一只还不适应自己形象的蜗牛，打打拖着自己湿鞋垫一样的身体，缓慢行走。像头拉犁的老牛，打打抻长脖子奋力向前。刚开始不习惯，他掌握不好平衡，陀螺形外壳就像自行车上驮着的行李，一会儿倾斜到左边，一会儿倾斜到右边。他得不断调整重心，扭来扭去，外壳和背肌的连接处像要被扯断似的，累得他直喘。不过，这外壳就像打打上学背的书包，刚开始觉得沉，一会儿他就适应了。

打打不习惯的是，自己就像一只坏了的胶水瓶，边走路，边漏下黏液。如果没有这些用于润滑的黏液，一路上的沙砾会把打打柔嫩的身体磨得很疼。平常妈妈不让打打玩泥巴，这下好了，打打每走一步都得贴着地面。在学校，打打的体育成绩好，尤其跑得快。

可是现在呢？就算是拼尽全身力气，也得按蜗牛的步伐，磨磨蹭蹭地向前。

打打终于爬到一块菜地，空气中弥漫着清新的蔬菜气息。打打咬着叶子的边缘，嗯，脆而多汁，还有点儿甜。打打刚吃了几口，就发现菜叶的另一面，还有好几只蜗牛，和自己长得很像：外壳都是浅褐色的，撒满细小的斑点，如果不是一根令人晕眩的螺旋线，他们缩进壳子里的时候，就像一枚鸟蛋。

打打想到自己竟然变成了这副模样，心情糟透了。爸爸妈妈再也认不出自己，背上的书包再也卸不下来，学校的运动会自己再也拿不到短跑名次了……打打越想越委屈，看到周围的蜗牛吃得兴高采烈，他却没心情了，越看他们越讨厌。打打不喜欢跟这些笨家伙混在一起。

打打猛然摇晃菜叶，两只专注用餐的蜗牛没有抓牢，从叶子上掉下去了。剩下的几只，打打也不放过，他一言不发，横冲直撞。虽然动作慢点儿，可打打就像一只有蛮力的牛犊，把他们全顶翻了。无论蜗牛们怎么抗议，打打都不管。这是他一个人的餐桌，才不要和谁分享。

“蜗牛不是喜欢生活在阴暗、潮湿的环境中吗？你们就好好在菜叶底下待着吧。”打打幸灾乐祸，那些蜗牛只好重新升起湿答答的天线，另找地方吃饭。打打懒得再理、再看那些慢吞吞的失意者，他从菜叶的背阴面攀援过去，爬到正面。

在微微下陷的叶脉条纹中，只剩打打这一只蜗牛，孤独地享用他的阳光早餐。

打打把别的蜗牛都欺负走了，自己也将面临危险。一个巨大的阴影从天而降，打打本能地用自己最快的速度缩进壳子里。好悬啊，差点儿就碰到了什么！上体育课的时候，在垫子上做前滚翻动作之前，要紧紧抱住膝盖——打打不知道现在哪个部位算作自己的膝盖，他只有拼命缩成一团。

谁在敲自己的壳子？非常粗鲁。“咚咚咚”，像在打鼓；“哐哐哐”，又像被凿子狠捶似的。打打又害怕，又生气。以前打打晃动浆果或者其他胆小鬼的课桌，才会发出这种响声呢。打打从来没想到会轮到自己，他成了被别人欺负的对象。好在躲在壳子里是安全的，这个盾牌很结实，猎食者吃不到自己。

“呼”的一下，打打感觉自己被带离了地面，就像坐上出问题的电梯，那种突然的失重感让他不舒服。

打打恼火了，从壳子里冒出头来，伸出眼睛一看……这可把他吓坏了。在游乐场里坐过山车，呼啸着上下和旋转，打打都不害怕。平时常健身的爸爸都大喊大叫起来，这让打打觉得很丢脸。可这次在半空的感觉不一样，打打既看不出过山车的固定轨道，自己的身上也没绑着安全带。只有一只臭脚丫抓牢打打的外壳，在天上荡来荡去。脚趾缝宽大，显得那几根脚趾细得就像条缝。打打扭动身体，继续向上看：阳光刺眼，他一时没看出是什么东西，只觉得有一团黑抹布。仔细辨认，打打看见，一只晶亮的眼睛镶嵌在这一团黑布中，正盯着他。原来是乌鸦，一只要吃掉自己的乌鸦！

太高了，地上的花儿小得像颗纽扣……万一，乌鸦的爪子抓不住自己，怎么办？打打想起电子游戏厅，用电动操控杆下的不锈钢爪子去抓取毛绒玩具的过程。经常，爪子抓着抓着，就没劲儿松了，即将到手的玩

具便掉下来了。打打刚想喊一句，让乌鸦“小心”，不幸就发生了。乌鸦的爪子果然抓不住似的松开，被带上半空的打打摔了下去。

乌鸦从来没打算抓牢打打，他想吃蜗牛，就像人们爱吃生鱼片一样。因为蜗牛外壳太硬，没法被鸟嘴啄开，乌鸦决心把蜗牛壳摔破，这样就可以直接吃肉了。打打旋转着从空中掉下来，像是跳伞运动员，可怕的是，他的伞包是打不开的。呼救没有用，就像一个人的呼吸在龙卷风中根本听不到。

“啪”的一声，打打摔到坚硬的路面上，他被震得几乎昏厥。打打惊魂未定，乌鸦随后降落下来……等等，这不是刚才那只，原来是一个跑来的强盗。当一只乌鸦啄起打打，另一只乌鸦叼住了打打身体的另一侧，打打就这么被撕扯着。两只争食的乌鸦打起来，他们用翅膀和爪子攻击彼此，还发出愤怒的大叫——不过，这对打打来说是好事，因为当他们张大嘴巴叫喊的时候，打打再次摔下来，被石头弹了一下，然后

顺着斜坡和窄缝滚下去，滚到了一个凹陷的坑洞里。这下，两只乌鸦谁也吃不着打打了。

这个避难所看起来像是地狱：黑暗，并且臭烘烘的，那是积聚的雨水加上腐烂的东西散发出的气味。可侥幸逃生的打打顾不得这些，因为他感觉到一阵阵剧痛，乌鸦啄食和撕扯的时候，在他的身体上留下了道道伤痕。

蜗牛壳摔碎了，上面布满裂纹，像打碎的杯子似的，还掉了几块“瓷片”。打打难过地背着这个残破不全的盾牌，这个被摧毁了的家……打打试着往壳子里缩了缩，伤口疼得让他动弹不得。他连挣扎的力气都没有，就这么躺了一整天。

夜晚，风吹进来，因为外壳破了，打打不能像缩进厚被窝那么暖和，现在像盖了一条撕开几道口子的破床单，冷得他瑟瑟发抖。草籽和沙砾，磨疼了打打因为外壳碎裂而暴露在外的身体。蜗牛有个本事：可以用黏液把开口封住，就像大门旋上密码锁。其实，外壳上的裂痕也是可以慢慢弥合的，只不过得花好多天，而且只有健康的蜗牛才能完成这样的任务。受了伤的打打非常虚弱，没吃没喝使他严重缺乏营养。他没有能力修补壳体，更别提爬出这个坑洞，去寻找食物和自由了。

一只蟾蜍路过，以为打打是只死蜗牛。打打现在臭烘烘的，和沤烂的根、鸟脱落的旧羽毛一样，散发出难闻的味道。路过的蚂蚁，用痒痒的脚爬到打打身边，伸出巨钳似的硬颚咬了打打两口：呸，不是美味。然后，蚂蚁也走了。

打打非常害怕。他猜，自己快死了。

这就是小翅膀给打打送来的噩梦。不管是好梦还是坏梦，每个都贴着小主人的名字和故事梗概，以保证小精灵递送的时候不会出错。小翅膀早就知道噩梦的内容，他很高兴，梦境能给打打一个教训。打打肯

定没想到，对有些被欺负的小朋友来说，打打本身就是一个噩梦！虽然打打的样子长得挺老实，看起来不凶，可他一肚子鬼脑筋和坏主意，的确是个让人头疼的家伙。好了，这下打打该知道，被别人欺负的滋味不好受了吧?

小翅膀是个好心肠的天使，知道打打要在饥寒交迫中熬过黑暗中的分分秒秒，他有点儿不忍心。况且，小翅膀知道打打不是一个坏孩子，他只是对生活有太多的好奇和热情——的确，打打有时候不懂事，爱闯祸，也没有替别人着想，可打打心眼儿不坏。小翅膀想，要是早知道被欺负的滋味这么难受，打打就不会那么对待其他小朋友了。

还有一个小秘密，过了这个噩梦之夜，就是打打的八岁生日。难道，噩梦能算是一个像样的生日礼物吗？小翅膀有点儿不好意思。小翅膀找到善良的美梦精灵，寻求他们的帮助。

翻看了许多梦境梗概——凡是有关蜗牛的，小翅膀和美梦精灵都不轻易放过。找啊找，最后他们非常高兴。功夫不负有心人，他们终于找到了匹配的故事，可以把两个梦境缝合在一起。打打的噩梦，被改写了结局。

正当打打绝望，认定自己已经没有活下去的希望时，突然，他嗅到了花朵的味道！有种蛋糕的香气，令人食欲大开。打打探出眼睛，果然看到一片金黄色的花瓣，就像妈妈烤好刚刚出炉的面包酥皮。饿得已经虚弱的打打咬了一口，清香多汁的花真好吃啊！不仅如此，花瓣的旁边，还有一小片苔藓、一小片蘑菇和一小片菜叶——这对蜗牛来说，是全套的营养大餐啊。可是，食物为什么会自己跑到打打嘴边呢？

狼吞虎咽后恢复了体力的打打，发现自己的救命恩人，竟然是他昨天欺负过的那几只蜗牛。他不会认错，有一只蜗牛被打打顶牛后从菜叶上跌下去，打打记得他外壳上长着特别的逆时针螺线，还有另外一只，

有个豆粒大的斑影。“他们为什么要来帮我？”打打想，“肯定是来看笑话的。”

看到打打有精神了，“逆时针”“豆粒斑”和其他几只蜗牛高兴得犄角碰犄角——这在蜗牛看来，是相互击掌的意思，他们喊着：“我们的救命恩人终于醒啦！”怎么回事？话说反了吧，怎么打打倒成了救命恩人？

原来，看到乌鸦叼起打打，几只跌到地上的蜗牛误会了，以为打打一言不发地把他们都拱到菜叶下面，不是以强凌弱，而是打打宁愿牺牲自己的生命来保护大家。几只蜗牛把打打当作英雄，前来报恩。只不过，他们动作缓慢，即使以最快的冲刺速度赶来，打打也快饿死了……

“逆时针”心疼地说：“打打为了我们，把壳子都摔破了。蜗牛怎么能没有一个完整的家呢？”其他蜗牛都点头：“不能，不能。”

蜗牛们集体行动起来，他们要为打打修补被破坏的避风港。

修补外壳用什么建筑材料呢？嗯，就是一种特殊的生物化学黏合剂。干燥或者寒冷的时候，蜗牛可以用一种黏液把盖口封住，就形成了一个密闭的睡袋，不受外界恶劣环境的威胁。只不过，黏液珍贵，每只蜗牛都是留着给自己用的。可是，这样救助伤员的特殊时候，每只蜗牛都变得慷慨，他们在打打的外壳上忙碌起来。

虽然细想起来有点儿恶心，因为打打感觉，自己的外壳是用其他蜗牛的唾液补好的，但打打更感动于友谊的温暖。为了让黏液快点儿干，蜗牛们小心地驮运着打打，就像搬动小病人似的，把打打转运到草叶下一块半干半潮的好地方。风吹的时候，草叶就像扇子扇动；日光浴可以让外壳上的黏液快点儿干，可又不会晒伤打打幼嫩的肌肤——这下子可把这些照顾病人的蜗牛护士们忙坏了。

阳光反射下，那些裂纹有种纹饰过后的晶莹。打打的外壳，好像运用了手艺精湛的镶嵌工艺，比普通

的蜗牛壳华丽多了。不过，打打才不好意思跟别人说，那是唾液的效果。

何况，“逆时针”把一朵小花粘在了打打的壳子上。他说这样做，一是起到伪装作用，可以掩护打打的行踪；二是万一打打再发生危险，花瓣可以像降落伞一样，起到空降时的保护作用，免得摔破刚刚锔好的外壳。

天啊，还要发生危险？“逆时针”也太不会说话了，简直有张“乌鸦嘴”！但打打一点儿也不计较，因为那些似乎难听的话里，有着朋友真正的关心。

打打现在有个奇怪的拼贴外壳，用蛛网罩住，就像托运行李捆紧的打包带，这样就可以固定住外壳以免摔坏，上面还别着一朵小黄花。作为一个男孩子，打打觉得自己就像穿了带轻纱的花裙子一样难堪。他才不好意思把这件事告诉同学呢，这是他自己的秘密。

最不好意思的，是打打的小英雄身份。打打羞愧，他真希望自己没有辜负这些好心的小蜗牛，真希望自己就是那个勇敢者。但打打不想欺骗他们，想了半天，他鼓足勇气说：“对不起，情况不是你们想象的那样。”

得知真相，蜗牛们瞪大的眼睛暗淡了，触角也无精打采地缩回来。他们没想到，自己救助的，竟然是个小霸王。大家谁都不吭声，热烈的气氛一下变成了尴尬的冷场。

打打难过，都是因为自己的错，连这些帮助自己的蜗牛都不愿和他做朋友了。打打扭过身体，背着刚刚愈合的外壳，跌跌撞撞地准备离开。

“等等！我喜欢你的诚实。你还需要休息呢，不许乱跑。”“逆时针”叫住了打打，而且用脑门压住了打打拖裙一样的后脚跟，认真地挽留，“还有，我们平常总是被欺负，你让我们有机会展现自己，哎呀，我们也有能力帮助别人！这是对我们的安慰，是鼓励和尊重，这对我们来说就像节日。”

打打感动：“你们对我太好了。我以后再也不欺负

别人了。”

不爱说话的“豆粒斑”说话了：“那还不够。”

打打羞愧地问：“那我应该怎么办？”

“你可以把欺负别人的劲儿，用来保护大家呀。”“豆粒斑”说，“你现在必须同意，马上做我们的好朋友——别忘了，我们刚才在你的外壳上可是签过字哟，那就算是合约吧，好不好？一言为定！”

打打慢吞吞却很坚决地转身，走向他的新朋友们——他外壳上插着的那朵小花，就像专门献给友情的礼物。

严格地说，这后半程的转折不属于打打——打打只有噩梦的部分。这个助人为乐的美梦，是专门给蜗牛准备的，为了忘记现实中的卑微，为了满足蜗牛们帮助别人的渴望。美梦小精灵要给那些弱弱的蜗牛们送去励志的梦，让他们觉得自己也有智慧和能力。只不过，原来被帮助的那个落魄者，形象是模糊的，即使在梦境里也看不清楚是谁。

小翅膀并没有改变自己的职责，他只是辛苦地跑到了美梦精灵那里，用匹配的梦境完成合作。当蜗牛的美梦缝合到打打的噩梦上，多么完美。梦境里的一切具体又清晰，打打和蜗牛成了看得清彼此样子和内心的朋友。

醒来正是清新的早晨，妈妈亲吻打打的额头：“生日快乐！要什么礼物，我的宝贝？”打打心想，他要先送给自己一个誓言，作为郑重的生日礼物：以后再也不欺负别人了；而且，妈妈送给自己的生日礼物，不管是吃的还是玩的，他都要和小朋友们一起分享。

打打相信自己一定做得到。因为，这是崭新的开始。

小帕的暑假计划

许多女孩子都胆小，和曾经畏惧毛毛虫的浆果一样，只不过，她们害怕的东西不一样：有的怕虫子，有的怕黑颜色，有的怕怪怪的声音，有的怕童话里的坏蛋，有的怕吃胡萝卜，有的怕漂亮裙子溅上泥巴……不过，有时候，女孩子本身也挺让人害怕的，因为不知怎么，她们就哭起来，很大声，调门很高，时间很长——就是妖怪来也会被哭声吓跑的。

现在，说说另外一个胆小的女孩。她连扯开嗓子哭都不敢，流眼泪的时候，一点儿声音都没有——不像是落雨点，嗯，她哭起来就像是冰化了那样，一点儿声音也没有。她的皮肤有点儿透明，像个小玻璃人儿，脸红的时候尤其明显。她一害羞，面颊就像倒进杯子里的红葡萄酒。猜到了吗？小翅膀当然知道说的是谁：修小帕。

声音听起来一模一样，其实写出字来不一样——大家不叫她真正的名字，都叫绰号：小怕。不仅是名儿，淘气的同学把她的姓儿都给改了，管她叫“羞小怕”。小帕容易害怕，怕羞，怕事，尤其怕高。

小帕可以站在课桌上画黑板报。再高，她就有点儿害怕。每当看到电视体育节目，比如撑杆跳、蹦极、高台跳水、跳伞等等，她就隐隐头晕。小帕甚至会不知不觉蹲下来，抱住自己的膝盖，好像这样，才觉得安全。更多情况下，她不喜欢看和高度有关的运动项目，会赶紧按遥控器，换台。

怕什么，什么就会频繁来到梦里，因为恐惧会吸引噩梦。就像汗味儿更招蚊子、腥味儿更招苍蝇一样，恐惧的味道散发出来，配套的噩梦就来了，躲不过去啊。简直可以说，这些噩梦是你专门为自己定制的。打个比方，就像小帕妈妈网购，她买过一个杯子或者一条裙子，就会被电脑记住。电脑就不停地把类似的东西推荐给她：好多好多的杯子，好多好多的裙子。

真的，没完没了。

小翅膀要给小帕送去的噩梦，就是：登高望远。好多小朋友都喜欢跟着爸爸妈妈春游，跟着他们去公园，跟着他们去游泳，去划船，去爬山……高兴得跟过节似的。小帕不愿意，她宁可不看动画片、多写作业，也不愿意去爬山。她怕高。小帕有三个好朋友，没有姓高的，只有一个姓平的，她叫平平。

小翅膀边飞边想，可怜的小帕，今晚入睡以后，她就会站在梦里的悬崖边，吓得发抖。

两年前的小帕，不这样。爬山的时候，她忍不住跑在最前面，像只蹦蹦跳跳、擅长攀岩的小山羊，她高兴，因为爬高一些台阶，就离天上的云更近。小帕坐飞机，最喜欢窗边的位置，可以看大海上的浪花，看山峰上的雪线，看城市的灯火像生日蛋糕上的蜡烛那样闪闪烁烁。她喜欢荡秋千，比别的小朋友荡得都高，平平尖叫，都不敢看，可小帕还“咯咯咯”地笑呢。

从那天起，一切都变了。

小帕不愿意回忆，也不愿意相信，作为摄影师的爸爸会被出事故的热气球带走，永远离开了自己。她记得，小时候自己坐在爸爸的肩膀上，手里拿着一个呼呼作响的风车或者一根蓬蓬松松的棉花糖，那么踏实……小帕再也不能在那个高度上，体会到幸福了。

小帕从此怕高。

小帕放暑假了。给失去父爱的小帕送噩梦，小翅膀觉得自己简直就是个坏蛋，这对小帕来说，会是个多么倒霉的暑假啊。小翅膀飞得垂头丧气，心情糟糕。最糟糕的是，不止今晚，接连好几天，小帕做的都会是身在高处的噩梦。该怎么帮助她呢？小翅膀发愁。何况，就是真有办法，也不管用，因为一个办法不能对付那么多噩梦。

嗯，好多噩梦？小翅膀的眼睛一亮，盘旋着向上飞了好几圈，仿佛来了场小小的龙卷风。

小翅膀帮助小帕的办法，就是重复。一个字如果不会写，写五遍就会了。一个公式如果记不住，做十遍数学题就会了。一件事情如果做不好，可以反复练习，熟能生巧。熟不仅能生巧，熟悉了，还能生出勇气呢。

小翅膀把几乎一模一样的登高噩梦连续送了二十多遍。小帕开始当然怕，怕啊怕……怕到后来，都烦死了。这个梦，被牢牢记住，一是因为重复，二是因为梦里始终有个画外音在说："不要怕，和上次一样，和上次一样。"小翅膀把自己的声音加进去，不断鼓励小帕。小帕到高处会害怕，她也知道，自己会安全地醒来，在橙汁般新鲜溅开的早晨的空气里。

这些噩梦说是一模一样，其实也有不同。每个梦，都比上一个梦延长了一点点儿时间。因为小翅膀用尺子一点点儿调整了高度，让小帕不知不觉来到了越来越高的地方：从凳子的高度，到桌子的高度；从窗户的高度，到屋顶的高度。

在做了许多重复的梦之后，小帕梦到一个大人。

他站在树下，仰头向上看。春天早就来了，这棵害羞的树还没有开花。这个叔叔模样的人说，在高高的树冠里，在密密的枝条间，藏着一个秘密："小帕，我们一起爬上去，看看那是什么好吗？"

经过几十次登高训练，小帕比以前勇敢多了，可

爬到那么高的树冠上去，她还是有些害怕。“很多事情，越想越害怕。一旦硬下心去做，它们并没有想象中的那么害怕。这个世界，最美好的东西在想象里；最恐惧的东西，也在想象里。”叔叔告诉小帕，“越怕什么，你就越要尽快地面对。趁着恐惧还是个小南瓜的时候，你要赶紧吃掉它；若是等恐惧变成大南瓜，变成万圣节那样掏出几个窟窿的大南瓜，那样你会更害怕它，而且它太沉了，你就更不容易把它搬走了。”

“小帕，我陪着你，我们一起来面对。”树下弥漫着雾气，再加上这个叔叔个子很高，小帕模模糊糊地看不清他的脸，只觉得他似曾相识，让人信任。小帕冰凉的小手被他宽大的手掌握着，格外温暖。

叔叔在前面引领，小帕跟着攀登。小帕心跳加快，她提醒自己，不要向下看，一直向上。突然，小帕吓坏了，她看到树上有一条大蜥蜴：皴裂的外皮，嶙峋的头角，沉入褐色里的深渊一样的眼睛。小帕浑身发抖，把头转向别处，泪水像融化的冰水一样无声无息地流下来。她害怕，感觉自己就要从树上掉下去了。

幸好，叔叔搂住她的肩膀："别忘了，越怕，越要面对。"如果小帕选择逃避，恐惧会不会越长越大，从一条蜥蜴变成一条鳄鱼呢？叔叔说过：想象里的恐惧最可怕。尽管吓得都快窒息了，但是小帕挣扎着，又看了一眼树上的蜥蜴。

真是救命的"面对"。因为又看了一眼，小帕不害怕了。那根本不是蜥蜴，那只是一截枯树枝，长着逼真的趾爪。

不知不觉，小帕坐在高高的树杈之间。奇迹就在这里，就像礼物盛在篮子里。由好多根小木棍搭成的巢，是个小巧的篮子……嗯，小小的摇篮。一只浅蓝色的蛋安静地睡在里面，上面密布可爱的小雀斑。

叔叔把食指按在嘴唇上，"嘘——"，示意小帕安静。他小心地拿起鸟蛋，放到小帕的耳朵旁边。啊，这是一枚会喘气的蛋，小帕听到幕帘后面的呼吸，听

到更为轻细的声音："嗒""嗒""嗒"，持续着……小帕像贴着表盘听到秒针坚定的走动声。对着光线，小帕看到了里面芭蕾舞一样踢踏的腿。如果早些来，她就不会听到啄壳声，而是看到最先发育的心脏里长出血管，像精美的树枝布满蛋膜。

蛋壳隐约的凹陷越来越明显，洞口破开，一个勺形的小脑袋探出来。雏鸟的脖子光裸而细瘦，青色眼帘紧闭，但他顽强地蹬开碎裂的蛋壳，摇摇晃晃，站在空旷的巢穴中。

小帕发现，颤抖的金色蕊丝就在眼前。她不仅离雏鸟很近，也像蜜蜂那样，离一朵正在开放的花非常近，花瓣和花粉几乎打在她的睫毛上。小帕才知道，整棵树都在开花，缤纷满枝。就像有精确的计时器藏在每只萼杯里，花蕾一起旋转，"哗"地打开它们漂亮的舞裙，庆贺雏鸟刚刚获得的新生。

在小帕的注视下，小鸟成长得很快，快得就像动画片里的快动作。他睁开露水一样明亮的眼睛，打开

弓弩一样的翅膀，他的心脏就像一颗橡树种子那么结实。他拍动自己，让翅膀下积攒起越来越大的风，准备翱翔。

小帕问叔叔：“小鸟的爸爸妈妈哪里去了？为什么不陪小鸟长大？是不是他们遗弃了小鸟，不要他了？”

叔叔回答：“没有爸爸妈妈不爱自己的孩子，不管去了多远的地方，他们都会牵挂自己的宝贝。鸟爸爸、鸟妈妈在树顶建巢，正因为他们在乎，才会把自己最珍爱的孩子放到那么高的地方。”

“可高处多危险啊。”

“小鸟在地上也危险，还有猫呢，哪里都不是绝对安全的。”

“所以，我害怕。”

“你害怕，就觉得处处危险——小帕想想，害怕是不是让危险变多了？有本领，就不怕；学的本领越多，危险就越少。如果你像鱼一样会游泳，你会不会怕波浪、怕淋雨？当然不会。微雨的时候他们像听小夜曲，暴雨的时候他们像听交响乐，打在鱼儿们额头上的每一滴雨都像祝福。”叔叔说，“小帕要勇敢，快快学本领，你如果像鸟一样会飞，就不会恐高了……”

“可我不会飞……”小帕委屈又难过。

叔叔眼睛里含着笑意：“小帕，你忘记自己飞过吗？你还记得我们之间的秘密吗？”

这时，浩大的风吹拂过来，穿过树冠，枝条相互碰触，有如记忆里的风铃发出响声。风也掠过小帕的头发，她好像正在飞起来。小帕想起来，小时候，爸爸用手托举着她，她扇动两条胳膊划动空气，感觉像在飞一样。小帕也曾坐在爸爸肩膀上，爸爸轻快地跑动，她就像只刚学会飞的小鸟，掠过的风就像一双更大的翅膀，托举她滑翔。妈妈做事谨慎，总是不许这、不许那，所以啊，飞行是小帕跟爸爸之间的秘密，妈妈不知道。

妈妈不知道的事情，这个奇怪的叔叔怎么会知

道？小帕怀疑起来，专注地盯着他的脸……高处，云开雾散，空气清凉又清澈，小帕看得清清楚楚——原来不是叔叔，他正是小帕特别想念的爸爸！不过，好久不见，爸爸的模样有些改变，所以小帕没有马上认出来。小帕高兴，她没有流泪，心里的冰山融化成一片汪洋。

爸爸告诉小帕，再勇敢的人都会有害怕的时候，就像所有人都有影子。尤其小孩，每个孩子都会害怕。童年的爸爸也胆小。因为不愿让别人看出自己害怕，他才锻炼自己。他小时候怕水，后来学游泳，长大敢在寒冷的湖水里参加冬泳比赛；他小时候怕毛茸茸的猫狗，后来阅读了很多科普读物，长大敢于离得很近去拍摄生猛的野生动物。人人都会害怕，这没什么羞耻的，就像出生不久的婴儿都会尿床，长大以后就不会了。

“别的小朋友都不怕，为什么我怕？他们都变得勇敢了，为什么我不行？我是不是最不争气的？”小帕咬了咬嘴唇，有点儿生自己的气。她觉得连馒头都比自己勇敢。馒头是小帕的宠物宝贝，一只白色泰迪犬，锛儿头大，所以管他叫馒头。别看他个头小小的，却是个勇气十足的小卫士，无论来了陌生人还是陌生狗，馒头都先冲上去，随时保护自己的小主人。

“因为养了馒头，就怕他生病，怕他受伤，怕他死。我们怕，是因为我们有感情。”爸爸说，“木偶不怕，机器人不怕，植物人也不怕，但我们不会羡慕他们。小帕不要因为害怕而自卑，害怕，也许因为我们更有感情。”

“害怕也能是优点？”小帕可从来没有听说过。

“嗯，比如，大人们怕伤害对方，才不吵架。比如，妈妈怕自己总是哭，她才坚强起来。你看，害怕有时不是什么坏事。”爸爸指着这棵开花的树和那只飞远的鸟说，“花朵怕虫子咬坏自己，才能尽快结出果实；小鸟怕摔伤自己，才会努力锻炼翅膀、练

习飞翔……光害怕没有用，关键是要改变。花朵不怕蜜蜂的尾针，小鸟不怕试飞的危险，勇敢者的未来才美好。”

原来，除了阳光照耀，还需要阴天的雨滴灌溉，一朵花才能漂漂亮亮地开放。除了快乐，还需要经历害怕和恐惧，一个孩子才能完完整整地长成大人。

“小帕不用着急。胆大的人变成胆小的人容易，胆小的人变成胆大的人不容易，我知道，这对你来说很难。要像蓓蕾养育花瓣、蛋壳养育小鸟那样，慢慢培养勇气。”爸爸还说，“最胆怯的人，可能会变成最勇敢无畏的人，就像不舍得花钱的吝啬鬼最后变成了一个大富翁。别看小帕现在胆小，你正在一点儿一点儿积攒勇气呢。”

勇敢和怯懦离得这么近啊！近得像一个硬币的两面，掉下来的时候，看哪面在上、哪面朝下罢了。就好像喵喵和咪咪都是猫的名字，都是指圆脸上有胡须的、眼睛亮得像宝石、走起路来又快又没有声音、会弯弯地弓起身子也能把腰伸得直直的家伙。可勇气到底长什么模样？你说它有，它就有轮廓，说它没有，就根本触不着、摸不到……什么时候，小帕才能拥有勇气？

爸爸说，勇气不是满身铠甲，但它如影随形：“勇气就像小帕的影子，看起来是黑暗的；可它像会轻功的侠客一样，毫无声息，陪在你身旁，但关键时候，勇气会帮助你。如果你在正午的阳光下走，影子就会变得小，因为明亮光线下的人们不需要格外的勇气；黄昏，影子拉得很长，那是因为天快黑了让人害怕，影子武士就出来保护我们。”

“我最害怕的晚上，看不见影子。我的影子武士为什么跑掉了？”

“不，影子一直都在，你只是看不到，影子武士隐藏在黑暗里保护你，保护你睡个好觉，保护你有个美梦。”爸爸说，“不信，你试试，每次打开灯，都会发现小帕的影子就在旁边。”

爸爸有个特别的礼物要送给小帕。爸爸小心地把自己的影子剪裁下一小条儿，像条漂亮的缎带，在小帕的脚踝上系了个蝴蝶结。小帕拖着影子走了走，一点儿不感到沉，相反，她轻快得想飞……因为她的影子里，爸爸的影子也在。即使小帕站在那里，那条秘密的缎带也扶住她小小的脚踝，像一个小巧的支架帮助正攀援向上的花茎。小帕想起爸爸摄影用的三脚架，她觉得自己的脚站得很稳，她所看到的世界清晰、平稳，不再动荡。

鸟爸爸、鸟妈妈没有在巢里守护，雏鸟学会了自己长大。小帕不愿躺在屋檐下的温暖里，她宁可到外面淋雨，像只勇于冒险的小鸟。小帕不会忘记，自己在高高的树冠上所看到的飞鸟和花朵，不会忘记爸爸的鼓励。这是他们之间的秘密：爸爸曾托举着小帕飞行。

在后来的梦里，小帕真的飞了起来。无需扇动翅膀，只要张开手臂，她就能在半空滑翔。她分辨不出，风是不是像浪，天蓝得像不像海，她到底是高空的飞鸟还是水下的游鱼，她只感到自己的后背被更近的阳光照耀，自己的胸腔被更暖的洋流托起。爸爸不在身旁，小帕独自飞行，但她不怕，她知道大地上的影子在追逐和保护着自己，她知道自己的脚踝拴着一条秘密的缎带……无论飞得多高多远，她都是爸爸心里的风筝，爸爸的视线永远在遥远之处，望着自己。

小帕原来不知道是什么在吸引着爸爸，非要去高空航拍。现在她知道了，大地璀璨，美如织锦，美得小帕学习过的所有形容词都不够用来形容。山峰壮丽，大河奔流，花海就像永不熄灭的焰火，迁徙的兽群浩浩荡荡……高空是爸爸最喜欢的地方，小帕边飞边想，在这里，他们都获得了一双飞鸟的眼睛。

有个瞬间，小帕突然明白，自己的爸爸不在人世了。但爸爸陪她看小鸟初飞的时候说过，如果活着，他还要飞。她的血管里有爸爸的血，如果她怕了，那

个留在血管和记忆里的勇敢爸爸还在吗？只要小帕在天上飞，爸爸的影子就像只大大的鹰，不动翅膀，也能跟着她翱翔。她很高兴，这个云层之上的世界，除了飞鸟，只有完美的宁静。

小帕独自飞行，她不孤独，感觉有人陪着自己。

小帕不知道小翅膀的存在，不知道正陪着她飞的小精灵。小翅膀把自己完全隐藏起来，他在小帕胳膊上，画上了和自己一样的透明翅膀。可惜小翅膀把那两个翅膀画得形状和大小有点儿不一样，所以小帕飞起来时，偶尔不平稳，摇晃一下。小帕不怕，反而笑起来，好玩！

小帕同样不知道，是小翅膀偷了爸爸的照片，缝进原本的噩梦里。梦和现实中的镜子一样，彼此映照，方向相反。现实中的人进入梦境，常常变成一张照片；现实中的照片进入梦境，也会变成一个真人。小帕只有在高处才能见到爸爸，小翅膀本来想把小帕爸爸的照片放在特别特别高的地方，但想想，他又挪下来，移到了红绿灯那样的高度。爸爸的照片像个醒目的交通标志那样引导着小帕。小帕爸爸梦里嘱咐过：慢慢来。小翅膀也不着急，他相信小帕，相信她是某一天终会变成天鹅的丑小鸭。

这个暑假，小帕做了许多爬到高处的噩梦。终于，爬到高处不再是噩梦，而是变成自由飞翔的美梦。但是，出了梦境的小帕，在现实中还能勇敢吗？

暑假结束之前，小帕主动报名参加了一个夏令营。妈妈非常意外，小帕放假从来都喜欢宅在家里。不仅如此，小帕还跟教练学习攀岩。妈妈都做不到的事，小帕却凭借自己的灵巧，像只聪明的小壁虎悬空攀附在岩面上。

在夏令营，需要学习的技能很多：自己扎帐篷，自己生篝火，自己做饭。即使不会，即使害怕做不好，小帕也努力学习。她安静，还是不太爱说话，但她没有退缩。要是蜘蛛总想着自己迈动八条腿的顺序和刚

才是不是一样，他就没办法专心织网；要是飞鸟总担心拍动翅膀的次数能不能保持一个频率，他就会偏离航道。不要担心地想，而是细心地做。

每当小帕害怕的时候，她就鼓励自己不要停，一停，一个害怕就会变成两个害怕。白天有高兴的时候，也有不高兴的时候，所以晚上的梦就有好有坏。如果白天害怕的事情多，晚上就容易做不好的梦；白天越不怕，晚上才越安全。说来说去，像个绕口令，快把人弄糊涂了。好在解决的方法很简单，我们要高高兴兴、尽量快乐地度过每一天。

在离夏令营不远的森林，小帕发现了一根断树枝，和梦里像是蜥蜴的那根树枝很像。她犹豫了一下，咬了一下嘴唇，还是把树枝拿进了帐篷。临睡前，小帕盯着树枝看，一直看……她晚上会做一个关于鳄鱼或者恐龙的噩梦吗？

没想到，爬了一天的山，小帕累坏了，睡得什么都不知道。经过一夜美好的睡眠，小帕醒来时，清新得像颗小露珠。她发现自己的手搭在那截木头上，好像搂着自己的布娃娃。

暑假的最后一天，妈妈带小帕去郊外玩儿。那里有座历经风雨的古塔，燕子围绕，飞来飞去。妈妈说，这座塔的岁数，比爷爷的爷爷岁数还大。小帕从来没有爬上去过，这次，她拉着妈妈的手，沿着窄窄的梯子，向上攀登。

在幽暗的塔里，小帕看不到外面，她觉得自己就像进入了一只锥螺的内部。螺线旋转，每到拐弯，她就看不到下面的台阶。小帕就这样，不知不觉，登临古塔的最高处。

妈妈很高兴小帕的变化，她不知道，小帕在心里偷偷给自己换了名字：休小怕。因为，胆怯不是纪念爸爸的方式，勇敢才是。有一种勇敢，是敢做别人不敢做的事；还有一种勇敢，是敢做自己不敢做的事。

塔顶有个很小的平台，有几个很小的窗口。小帕

从窗口望出去，微雨过后，一切都干干净净，一条童话般的彩虹，悬垂天际。燕子一掠而过，快如弓箭，他们的翅膀似乎永不疲倦。蜻蜓挥动轻盈的翅膀，蝴蝶扇动缤纷的翅膀，蟋蟀振动发光的翅膀……小帕很幸福，因为她周围有那么多的小翅膀，在舞蹈并歌唱。无论在黑暗里，还是在未来，都有更多小帕所不知道的小翅膀，像透明的隐身人，陪伴并祝福着她。

阿灯和咔嚓

小帕同样不知道，自己的进步，是以小翅膀受罚为代价的。原本的噩梦，被小翅膀或添加情节，或改写结尾，变得不是个纯粹的噩梦，简直成了欲扬先抑的美梦。别的小精灵，把噩梦往孩子的枕边一倒，完成任务就跑了。偏偏小翅膀，擅自改变噩梦的性质，不遵守纪律，必须受到惩罚！

怎么罚？

罚他今天把最最可怕的大妖怪、最最恐怖的大恶魔，送到一个小孩子的梦里。必须送！

是的，妖怪和妖怪是不一样的。

比如，怪物有一次竟然受到欢迎。那是只刚出生不久的小东西，还来不及上怪物幼儿园呢，就到一个小男孩的梦里去游玩。没想到，遇到一个特别大胆的男孩，他的理想是长大以后做个伟大的探险家。他觉得摇篮里的小妖怪，长得鼓鼓囊囊的，脸上也糊里糊涂的，嘴里还会吐泡泡，和妈妈刚生下来的小弟弟很像。他喜欢妖怪，围着小妖怪转了三圈。害怕妖怪？才不。这回小男孩知道自己有多勇敢了，不是吹牛，原来他真的这么厉害呀。

还有一个实习的小妖怪，简直给妖魔界丢脸。他委屈死了，都快气哭了。他走了那么远的路，拖着那么胖的身子，还有那么多乱七八糟的鳞片……这些都是从恶魔马戏团里借来的戏服，尺码不对，太大了，可也不能弄脏，需要好好还回去，别人还得用。尤其是他借用的那对恶魔鹿角，非常沉，得用好多好多好多的胶才能粘上。小妖怪用手扶着沉得像哑铃的鹿角，闻着粘胶的怪味儿，头晕，脖子都被压痛了。低着头走路，当然很容易撞上人啦。他刚进到梦里，就在拐弯的地方狠狠撞在一个人的身上。他都没分清楚是小孩子的舅舅还是叔叔，就被撞得眼冒金星，“哇”的一

声吐出来，把衣服弄脏了。被撞上的人吓得大叫，小妖怪也大叫。他们都以为妖怪叫喊是为了吓唬人，这回不是，因为小妖怪也被吓着了。小妖怪把弄脏了的戏服洗干净，还回去的时候，还是遭到了服装师的白眼。小妖怪不仅受到挫折，自信心也受到伤害。

这些演技不出色的小妖怪，相当于电影里的群众演员，不容易让人记住；等真正厉害的角色一上场……语文课本上的成语叫“万籁俱寂”。谁敢在下面出声？大气都不敢喘。大恶魔来了，连小妖怪都怕，更别说那些小屁孩……哼，小屁孩，还有一个成语怎么说，让小屁孩吓得“屁滚尿流”。

翅膀今晚送出的噩梦，这个大恶魔是唯一的主角，支撑全场。

有人上台，要用舞台上的聚光灯照耀。有人相反，“噗”的一声，蜡烛被吹灭了……嘘，他来了。

咔嚓非常可怕。可怕到什么程度？连他自己都拒绝照镜子，他把像镜子一样反光的地方都涂黑了。

他到池塘里喝水，闭着眼睛喝。梦境里的动物被他吓得一动不动，忘了逃跑。有一个黄昏，鹿和狮子都去喝水，正好遇到口渴而来的咔嚓。他们看到咔嚓的瞬间，一个闭上眼睛忘了跑，一个睁大眼睛忘了转动眼珠。咔嚓慢吞吞地喝水，连河马都沉在水里，不敢上来换气，差点儿没把自己憋死。咔嚓离开池塘，鹿缓了缓站麻了的脚，竟然走向狮子的方向，因为对比之下，鹿觉得狮子长相温柔，一看就是好心肠的天使。狮子呢，也没有张开利齿咬上去，他忘了自己吃没吃过正餐，忘了自己饿不饿，忘了自己是捕猎的食肉动物，也忘了对面走来的到底是他的朋友还是猎物。什么凶如虎狼，这下知道，谁才是真正的大魔王了吧？

别人眼睛里是小而圆的瞳孔，咔嚓不是。他的瞳孔，是闪电形的。咔嚓！也许他的名字由此得来。

有些妖怪去噩梦里，就像小孩子的父母上班似的，

得换换衣服，妖怪们的制服式样有点儿老，上面画着血或者骨头架子什么的；还有的妖怪，就像小孩子的父母出差似的，还得拖上一个行李箱，里面全是吓唬人的道具。咔嚓不用装扮。咔嚓自信，他的长相，就是他的天赋。不需要服装，不需要面具和道具，不需要虚张声势，咔嚓不需要做任何表情和动作，他甚至可以到小孩子的梦里睡个懒觉，就足够见效。

很久以来，咔嚓从来没有失败的记录。他是战神，所有见到咔嚓的人都是他的俘虏和奴隶。为了试试自己的威力，咔嚓还溜到成人的梦里几回。效果如何？还不是一样。健身房的教练浑身都是肌肉，脸上都是肌肉群，一咬牙，颧骨、嘴角，哪儿不是有轮廓的肌肉？他们见了咔嚓，只剩结巴；还有的就像运动过量似的，肌肉都抖动起来。每每如此，咔嚓对毫无悬念的成功，都感到有些疲倦了。可怎么办呢？咔嚓太有实力，想输都不行。作为对小翅膀的心理惩罚，咔嚓随便去露一手……小菜一碟，嗯，有点儿大材小用。

噩梦的开场让咔嚓意外，太陌生了。

咔嚓不敢相信自己的眼睛，是在做梦吗？他使劲眨了眨眼睛，是醒着的，没睡觉。长期夜行，咔嚓的闪电瞳孔已经适应了黑暗，他看到这个叫阿灯的小男孩稳稳地坐着，隔着一段距离，安静地直视着自己，目不转睛。这不奇怪，被自己吓傻的观众多了。可阿灯的语气一点儿也不慌乱，还带着好奇和兴奋。介绍完自己之后，他友好地问候咔嚓："很高兴认识你……嗯，你是谁呀？"

咔嚓从来没有遇到过这样的稀罕事，没有经验，没有心理准备。他蒙了，不知所措。不过，反应过来的咔嚓马上高兴了，这回有意思，终于遇到对手啦。他倒要看看，这小家伙到底有多大的胆量和本事。

咔嚓翻了一个很大的白眼，同时龇出最大的牙。做个鬼脸，再做个鬼脸，咔嚓有的是僵尸表情包。

阿灯，不动声色。

没关系，像游戏闯关，一步步地来，看你能打到几级，看你能撑到什么时候。咔嚓“哼”了一声，从翻着的鼻孔喷出一股冷气。他走近一些，伸个懒腰，甩甩手腕，活动活动胳膊和脖子……咔嚓活动身体的方式，一般人没见过，也受不了。他的手腕，有长臂猿那样的球窝关节，可以三百六十度地翻转肘臂。你站在他背后，他可以像章鱼一样轻松地握住你。他的颈椎，像猫头鹰一样无比灵活，可以把脑袋从前面转到后面再转回来。他可以脸朝后、腿朝前地走过来。不过，好久没转脖子，害得咔嚓差点儿落枕。

阿灯没被吓跑，他歪着头问咔嚓：“你怎么不说话呀？”

这个小孩怎么回事，他是发烧说胡话吗，还敢稳稳当当地坐着，不逃跑？咔嚓应该去当跑步教练，因为见过他又反应过来的，都撒腿跑得很快——从来没有地快，创造纪录地快。咔嚓才懒得追呢。有一次，他倒是笑起来，笑也是冷笑。乌龟梦到咔嚓，便用自

己最快的速度奔跑，以为自己能成为一名冲刺的健将；可无论乌龟怎么快，看起来，也像一只快要停下来的旱冰鞋，死活运不动主人的样子。

咔嚓对阿灯的威胁手法不断升级，他觉得自己滑稽得像个手忙脚乱的哑剧演员。对咔嚓来说，还需要额外想办法来恐吓人，简直相当于考试作弊，丢人哪。

阿灯却邀请他一起来吃巧克力，他有三颗巧克力，可以分给咔嚓两颗。这不是侮辱人吗？这个小男孩怎么回事，他是吃了熊心豹子胆？可熊和豹子也怕咔嚓啊！

可恶！咔嚓恼羞成怒，他要揪住阿灯的衣领，让自己可怕的脸贴近他，吓死他！如果咔嚓是走过去的……也许就没有后面的事情了。怒火燃烧的咔嚓冲过去，力气太大，他没控制好步子，一下撞到阿灯身上。

与陌生的朋友撞了满怀，阿灯很高兴。他一直听到对面越来越重的呼吸声，却不知道是谁——没想到，一下子这么亲密。

对阿灯来说，一个人待着，才是噩梦；有朋友来，总是好的。我们刚才讲过小帕的故事，如果说以前的小帕总是怕和别人待在一起，那么阿灯相反，他怕自己待着，他怕孤独。阿灯希望有人在自己身边，他喜欢听到他们的声音。

只有极其微弱和隐约的光感——对阿灯来说，世界永远是黑的，永远在无穷无尽的夜晚。盲孩子阿灯，没见过怪物，也没见过什么不怪的物。或者说，作为一个盲童，他不知道怪物应该长什么样，也不知道不怪的物应该长什么样。他以为都是这样的，所以，他不知道应该害怕。就连阿灯的梦，也模模糊糊的，就像冬夜雨天的窗子。他只觉得对方是混沌的一团。撞在一起的时候，阿灯碰触到咔嚓——摸起来皮肤有点儿粗糙。阿灯觉得，他的新朋友一定是走过很多、很

远、很辛苦的路。而且，新朋友不爱说话，是因为害羞还是害怕呢？阿灯觉得，自己应该主动一些。

“我看不见，我能摸一摸你吗？”必须是摸到的，阿灯才能确切感知对方的存在，“你要是还不说话，就算默认，就算是同意了哦。”

被触摸的感觉，太古怪了——咔嚓从来没有被人抚摸过，不知道这会不会比挨打更难受。咔嚓的毛都竖起来了，尖如钢针。但阿灯只是把手放得更轻，小心翼翼地，就像摸刺猬那么温柔，怕戗着方向会让咔嚓不舒服。

咔嚓从来没有被这么对待过，像被分外疼爱和珍惜。渐渐地，一个盲童给予的温柔抚摸，让咔嚓觉得自己的身体像一架被弹奏的钢琴那样感受着美妙。

咔嚓晕晕乎乎的，竟然同意阿灯摸了自己头顶的发旋儿。

阿灯说：“哎呀，你的发旋儿是心形的。”哦？连咔嚓自己都不知道。不会错的，阿灯说自己的手指敏感，比眼睛看的还准。

咔嚓继续晕晕乎乎，竟然同意阿灯摸了自己的脚。

“你的脚像面鼓。”阿灯肯定地说，“大象的脚底就是这样的。”

阿灯和咔嚓聊起天来：“别人说，大象很大，很多个盲人在一起都摸不全。摸到耳朵的，说大象像蒲扇；摸到尾巴的，说大象像绳子；有一个盲人摸的时候，大象正好抬起脚来，他摸到脚底，就说大象啊，像一面鼓……”

“盲人摸象。”咔嚓最喜欢成语了，他知道这个，所以脱口而出。可是，咔嚓立即后悔自己这么多嘴，他怕“盲人”这两个字伤害到阿灯。阿灯自己可以说，咔嚓不应该这么说的。

阿灯才不在意呢，他太高兴啦！新朋友不聋哑，可以和自己说话。何况，用“盲人摸象”来嘲笑盲人是不对的。健康人看大象就是一头大象，盲人能用手“看”到更多的东西。再说，世界很大，是一头大到无

边的大象，根本没人能够看得全面；每个人都靠自己来触摸，然后把自己的发现告诉别人，彼此分享，我们才能知道世界到底是什么样的。

阿灯喜欢咔嚓，因为他的名字独特，因为他和所有人的长相都不一样，因为他带给阿灯新鲜的触感、新鲜的发现。

因为没有被摸过，所以咔嚓不知道自己的胳膊底下会有痒痒肉。咔嚓笑得不行，他也从来没有这么笑过，他习惯了每天都气势汹汹。

阿灯诚恳地说：“咔嚓，你的笑声真好听，说话的声音也好听。”

咔嚓吓了一跳，阿灯怎么知道自己的秘密？咔嚓讨厌自己的模样和脾气，但有一样自己的东西他很喜欢：声音。谁也不知道，咔嚓会偷偷唱歌给自己听。他当然不会在别人面前唱歌啦！妖怪嘛，应该不是压低音量，冒充嘶哑，就是扯开嗓门，使劲叫喊。多数时间里，咔嚓都是一个沉默到有点儿阴森的大魔王，难得有谁听过他的声音。

其实，妖怪都非常孤独。妖怪的数量本来就少，他们明明是珍稀动物。现在的孩子越来越多接触的是塑料、金属、电子产品以及里面的游戏，像咔嚓这种有血有肉的妖怪越来越少。

因为妖怪数量稀少，碰上他们本来是非常幸运的。比如，有种臭臭的花，一百年才开一回，一个人活一辈子，顶多能见到一回。多幸运啊，尽管臭。妖怪们非常奇怪，人类为什么不这么想问题呢？真是太遗憾，太可惜，太不懂得运气到底是怎么回事了。不仅如此，妖怪的命运很悲惨，不会像大熊猫、东北虎什么的，受到人类保护。是啊，谁想保护妖怪呢？大家都恨不得他们都死光了才好呢。

咔嚓喜欢听表扬，喜欢让大家知道他明白很多成语，喜欢别人夸他声音好听……他特别喜欢听表扬，尤其是，在根本听不到表扬的情况下。人类对妖怪的

反应态度，永远只有几个：或跑或骂，或打或杀。所以咔嚓的心理就变了，好心情变成了坏情绪，小妖怪变成了大妖魔。他习惯和喜欢恐吓，他喜欢自己拥有令人战栗的力量。因为这体现出他的价值，让那些不善待自己的人知道什么叫尊重。人类不喜欢妖怪，妖怪还不喜欢人类呢，谁怕谁?

可大妖魔咔嚓突然颤抖了两下。他恐慌，因为阿灯摸到了自己心脏的位置。

“怎么摸不到你的心跳?”阿灯把耳朵贴过去，哦，很小很小的声音，要特别仔细才能发现——这么大的妖魔，心跳声却像小小的脉搏。咔嚓的心，本来在笑声中都快融化了，他快乐时候的心脏，也比平时跳得快一些，但阿灯不熟悉咔嚓，即使变化也是谨慎而微弱的，所以他没有注意。

阿灯绝对没有想到，自己的行为给咔嚓带来多么大的惊恐。有个成语形容得准确：毛骨悚然。咔嚓仿佛徘徊在噩梦边缘，他感觉自己像鼓一般的脚正在打滑。

多年以前，咔嚓听过一个关于妖怪心脏的故事。

那时，咔嚓还是天真的小咔嚓。有一天，他被派送到杜安小朋友那里，当噩梦男主角。

这个噩梦本来应该晚些送到，但那个快递噩梦的小精灵要去参加森林聚会，他提前把噩梦送到杜安枕边，就跑啦。小咔嚓埋伏在草丛里，杜安还没有见到他的样子，只是觉得有什么在窸窣作响。

戴着花镜的奶奶翻着图画书，给杜安讲睡前故事。她没发现，小孙子已经睡着啦，她还在讲啊讲……因为讲的是妖怪的故事，咔嚓就注意地听。奶奶的声音隔着什么，嗡嗡的，可小咔嚓还是能听见，像肚子里正在发育的小孩儿听胎教音乐一样。

故事讲了一个小武士，为了证明自己的勇气，他跋山涉水，找到妖怪。小武士假装和妖怪做朋友，骗取了妖怪的信任，让妖怪把自己的心脏藏在哪里告诉

了武士——那可是个很大的秘密，妖怪从来不告诉别人。于是小武士翻过那座山峰，越过那个湖泊，找到那只鸭子的巢穴，妖怪的心脏就藏在一个鸭蛋里。武士就把这个鸭蛋打碎了，把妖怪那颗小心翼翼藏好的心脏，唔唔唔，给打碎了。

都是说好了的，都是规定好了的，应该是由妖怪来吓唬人类。怎么回事，这个讲给小孩子听的童话，成了小咔嚓的噩梦……怎么成了人类吓唬妖怪呢？妖怪多善良，多信任朋友，才把存放心脏的秘密地点告诉武士，可是武士只为证明自己勇敢，就无情背叛了友谊，杀死了拿他做朋友的妖怪。小武士的作为是勇敢吗？这是自私，是卑鄙，比最坏的妖怪坏多了。因为有的妖怪是刀子嘴、豆腐心，可有的人，简直是豆腐嘴、刀子心。哎呀，和人类做朋友太可怕了，是世界上最危险的事情。小咔嚓当时不是气愤于人类这么教育孩子，他是由衷地害怕，因为，他那时还没长成无坚不摧的大咔嚓。

其实，妖怪并没有把心脏放到别处，也是放在胸腔里。只是，妖怪的心被特别深地埋起来，藏在比人类心脏更靠后面一点儿的位置……就像用很多条手绢，包了一颗很小的豌豆。童话里有一点是没说错的，妖怪的心就像鸟蛋一样，又小，又易碎。即使是那么大的妖怪，也只有一颗小小的、脆弱的心。

阿灯摸到了咔嚓心脏的位置，要干什么？他是不是冒充朋友来领取友谊，然后要伤害或者杀死自己呢？咔嚓警惕起来，闪电形瞳孔亮了一下。他是喜欢成语、了解故事的咔嚓，他是纵横江湖、威风凛凛的咔嚓，他是怀恨在心、擅长复仇的咔嚓……阿灯，你这个小骗子！

“真的，你的心脏声为什么这么小？我的眼睛看不见，可听觉特别好，连我的耳朵都快听不见了。”阿灯诚恳地告诉咔嚓，“我的心跳都比你的声音大。不信，你听，嗯，在偏左的位置。”

原来，不是要让咔嚓心碎，阿灯信任咔嚓，毫无防备地，他告诉咔嚓自己的心放在哪里。咔嚓也信任阿灯，即使被人类的童话威胁过，咔嚓甘愿冒险，也不愿放弃这份可能和可贵的友情。

后来的梦境断断续续，有点儿乱。

晚上的海黑得可怕，似乎有什么很快随着大浪涌上来。但阿灯不怕，他习惯了永远的黑暗里，波浪冲刷堆积岸边的贝壳，像谁摇晃一个特别特别大的装满银币的存钱罐。阿灯告诉咔嚓，在深海里，所有生命都在看不见的黑暗里，可他们不悲伤，多数生物都会发光，他们每天都有一个圣诞节。

篝火燃烧，他们一起吃棉花糖。不是云朵形状蓬蓬松松的那种棉花糖，是另外一种，看起来像块橡皮泥，但非常神奇。咔嚓帮阿灯烤着吃，棉花糖会噼里啪啦地施放焰火，然后变成一种可以吃的花，再烤一下，焰火之后，又变成另外一种花。所以，它既是棉

花糖，又是桃花糖、樱花糖、桂花糖、玫瑰糖。阿灯和咔嚓，仿佛把整个春天都咽到肚子里啦……他们心花怒放。

再后来，就是星空下的歌声。

阿灯说过，咔嚓的声音不仅好听，还可以当配音演员。咔嚓可以学口技，让自己的森林里有溪水流动，让小鸟合唱队依次登场。因为咔嚓自己一个人就可以扮演各种角色，所以他不孤独。阿灯和咔嚓总是心意相通，可阿灯不知道，咔嚓本来就会口技，小时候学过各种猛兽的叫声……咔嚓没好意思承认，学口技是为了吓唬孩子。阿灯还说，咔嚓学会了口技，就可以一边给自己拉琴，一边给自己唱歌听了……这句说得不对，因为咔嚓想给阿灯唱歌了。

就像童话里的人不知道妖怪的心藏在哪里一样，人们也不知道最美的声音藏在哪里。最丑的妖魔，有着世上最美的歌喉。

咔嚓的歌声在黑暗里，是一束光芒。

万籁俱寂，只为倾听星空下的歌唱。

原来，咔嚓出现在哪里，哪里就是噩梦；现在，咔嚓是阿灯不舍得离开的朋友。

然而，咔嚓要回去了。

“天这么黑，你会迷路吗?”阿灯担心咔嚓看不清路标和方向。

咔嚓有点儿幸福，有点儿伤感，说不清楚，他以前没有尝过这种滋味。没有人担心过他，担心过他迷路或摔倒。

咔嚓和阿灯，多么像两只小小的夜行动物。能反光的地方都让咔嚓涂黑了，咔嚓和阿灯虽然生活在不同的地方，却是一样的黑世界。咔嚓很高兴，自己的名字里有闪电，阿灯的名字里有光，所以他们在一起，能相互映照。

“我会记住你，你也不要忘了我的名字啊。”阿灯和咔嚓拉钩之后，他还不放心，就在咔嚓的掌心，用

手指点着，用盲文写下了自己的名字“阿灯”。咔嚓不会盲文，可那些触点，密电码一样藏在手心里，让他感觉灼热。

这次出场，咔嚓在噩梦里没有把孩子吓哭，也许这在妖怪们看来是失手，也许会遭到笑话。不过，咔嚓才不怕呢。全世界都笑话他，咔嚓也不怕，这才是大魔王的气度。相比自己的声誉，咔嚓更珍惜阿灯。为了朋友，牺牲点儿名誉算什么呢？友谊已足够弥补。咔嚓觉得，他反而比以前的自己更勇敢了。有的英雄，为了全世界不怕跟一个恶魔作对；有的恶魔，为了一个朋友不怕跟全世界作对……咦？对偶句有点儿奇怪，哪里不对，是不是把自己绕进去了？不管，反正咔嚓觉得，这样的自己才是英雄。

咔嚓伴随着梦境离开的时候，他最后仰望着梦境里的夜空。

星星点点，每一颗都闪耀光芒。咔嚓的手指慢慢划过，他觉得，星空就是秘密写在天上的盲文。“阿灯”，这个名字不仅写在掌心，也隐藏在每个夜晚的星空里。咔嚓一抬头就会看到，不会被风吹跑，也不会被雨滴打落。

这样的结果也让小翅膀感到意外惊喜，虽然这是他临时想出来的主意。

小翅膀把噩梦快递给阿灯，不是欺负一个盲童。小翅膀只是希望，阿灯因为看不清楚就不会那么害怕。有些小朋友看到电视里吓人的镜头，一把眼睛挡住，就不害怕了。小翅膀歉疚，必须把咔嚓送到小朋友的梦境里，他但愿阿灯受到的伤害小一些，再小一些。他可没想到，孤独的阿灯和孤独的咔嚓会成为好朋友。

阿嚏！是谁感冒了？原来不是那种感冒的打喷嚏，只是因为想念。阿灯自言自语中会提起咔嚓，好像他就在自己身边一样；咔嚓也会自言自语地提起阿灯，好像他就在自己身边一样。提起的次数太多，他们彼

此就打喷嚏了。

无论是谁，都会感谢小翅膀，要不然，阿灯和咔嚓到哪里能找到这么彼此喜欢的朋友呢？他们的相遇哪怕只有一次，都是极为珍贵的。

对小翅膀来说，这是一次奇妙的经历。原来无论怎样的噩梦，都存在着美好的可能。

美好的可能

小翅膀明白了，噩梦的效果，未必只有悲伤。有的事情，好梦帮不上忙，噩梦倒是有办法。

比如两个好朋友吵架了，谁也不理谁。一个叫悄喵喵，一个叫悄咪咪，她们是双胞胎。姐姐最好的朋友是妹妹，妹妹最好的朋友是姐姐。她们把吵架的理由忘了，可记得清清楚楚的是，她们正生彼此的气呢，自己才不会是第一个开口跟对方说话的人。因为对方始终不跟自己说话，她们就更生气了。噘着嘴写作业，翻着眼皮走神，皱着鼻子吃饭，不跟她说话，不对她笑，也不看她……看谁能坚持得住。

小翅膀把一个噩梦裁成两半，悄喵喵和悄咪咪梦到地震，大地在脚下开裂，她们跌入深渊，深渊下面是沸腾的火山和灼烧的岩浆，往哪里跑呢？悄喵喵拼命拉住悄咪咪，悄咪咪使劲拽住悄喵喵。她们的手抓得很紧，生怕松开……当然还是害怕，可这样拉着手好多啦。

天亮的时候，悄喵喵和悄咪咪一起吃早餐，一起上学，她们似乎忘了昨天的事，似乎从来没有吵过架。她们手拉着手走，蹦蹦跳跳，就像翅膀对称的大蝴蝶。每个单独的翅膀无论多完美，也象征残缺，合在一起，才能翩翩起舞。

她们还是怕做噩梦，好在悄喵喵和悄咪咪睡同一个房间。上弦月和下弦月加在一起，变成了满月……她们便不再怕月亮里银灰色的阴影。

比如，栗壳挑食。

栗壳爱吃方便面和红烧肉，但坚决不吃茄子、香蕉和蘑菇，理由奇怪，恰恰因为，栗壳说“它们吃起来像肉”。还有什么芹菜、茴香、韭菜、胡萝卜他也讨厌，炒熟了也有一股生味儿。

从早餐时，栗壳就开始抗议了：这是什么，麦片！棕色的碎屑，栗壳觉得盛在碗里的麦片，看起来就像一碗猫粮狗粮，自己又不是宠物，为什么要吃这个?

栗壳妈妈犯愁，该怎么喂养这个挑剔的儿子呢?

栗壳在学校食堂吃午饭，学校有个讨厌的规定，必须吃光盘子里的饭菜，不许浪费。教务主任鲁老师经常会到洗刷餐盘的水池旁边监督，看谁倒掉剩菜。这难不倒栗壳。栗壳找同学帮忙，把不想吃的拨给这个一点儿，拨给那个一点儿。何况，只要有贪吃的蒋圆同学在，就没有解决不了的食物。如果说电影演员有替身，什么文替、武替呀，蒋圆同学就是栗壳的饭替。吃饭的时候，主要是蒋圆同学上阵。鲁老师一直没发现，半个学期下来，问题暴露了：蒋圆同学都快从爸爸的姓改成妈妈的姓，变成郑圆了——他胖了十几斤。

栗壳的噩梦，真的是“è mèng”，因为是挨饿的梦。他梦见，很多天，很多顿，很多同学都成了他的饭替。不锈钢餐盘亮得像镜子，上面如果放一粒米，饥饿的栗壳也会看成两粒米的。在梦里，栗壳到处都找不到一点儿吃的，眼冒金星，只好就像吃冰棍那样含着自己的手指头，就当尝到了肉味儿。

如果你在梦里打了一夜架，醒了以后也会感到累，因为你在梦里挥舞了太久兵器，胳膊都累酸了。不知

道梦里的宴席吃多了，会不会长胖。反正，栗壳在梦里挨饿，醒来在体重秤上一称，重量又变轻了。

淘气的小翅膀，每次都把栗壳梦里的食物拿走。栗壳眼看着树上果实累累，他刚要去摘，它们就像焰火熄灭一样，不见了。明明餐桌上摆满好吃的，栗壳刚拿起筷子，湛蓝的台巾就变成平静的湖面，那些好吃的就沉到深深的水底。栗壳不能用长筷子把它们捞出来，像从火锅里捞出来那样。

别人的梦里有颜色，这不新鲜，栗壳的梦里还有味道呢。他梦到厨房，汁水收到正好的蘑菇，马上就要在他的味蕾上散开美味。他的梦里有暖香，还有微咸的盐味，可就是吃不着。咬一口是空气，再咬一口，是腮帮上自己的肉。

饿梦，什么时候才能变成不饿的梦？

妈妈说，是因为栗壳不爱吃饭，总没有吃饱，胃里空才会做许多挨饿的梦。不挑食，不偏食；每种东西都有它自己的价值，我们的肠胃都能从中汲取有益的营养。

栗壳不喜欢妈妈唠叨，不过这回，他没顶嘴。他一声不吭，吃光了饭菜。栗壳的盘子，粒米未剩，仿佛是小猫带倒刺的舌头舔过。

还有班七七的噩梦，害得她洗澡的时候多抹了一遍沐浴露，而且偷偷闻闻胳肢窝有没有味儿。这个毛病，简直就像回到了幼儿园——那时的班七七，午睡时偷偷闻自己的臭袜子。

那两个字，班七七会念，不会写，笔画太多了。难治的病，叫疑难杂症；难写的字，比如“邋遢”，就属于疑难杂字。要是所有的字，都像七七的名字那么容易写就好了。班七七有点儿邋遢，东西从来不会摆放整齐，从来都是乱丢乱放。班七七的东西，最会玩捉迷藏的游戏了，它们还有魔法，眨眼之间，能凭空自己变没。

“我的字典呢？”

“我的铅笔盒呢?”

“我的作业本呢?”

“我的梳子呢?”

“我的玩具呢?”

每天都在找东西，爸爸说，他都快变成班七七的警犬了，像是凭借神奇的嗅觉，总能从各种稀奇古怪的角落把班七七丢了的东西找回来。可爸爸出差时间长一些，东西就不好找了。因为班七七压根忘了自己丢东西这回事。不定什么时候，丢了的东西又从哪里蹦出来，可惜，曾经的新玩具再见面就变成了旧玩具，像是亮闪闪的蝴蝶变成了灰扑扑的蛾子。

班七七也参加了夏令营，跟小帕还是同一个小组。当小帕勇敢地锻炼自己时，班七七却受到小新老师的严厉批评，因为她乱丢饮料瓶。班七七委屈：自己又不是有意的，重要的东西她都放不好，更别提这种没用的东西了。

分别给班七七和小帕的噩梦，小翅膀不会弄错。

似乎没有密封好，班七七的噩梦若有若无地散发出一点点儿不好闻的味道。

噩梦里，班七七掉进了垃圾山，只有一张地图能帮助她跑出迷宫般的垃圾山，可班七七不知顺手把它丢到了哪里。不过，她忘记了地图的事，后来开始找一把钥匙，在垃圾里翻啊翻，手上脏乎乎的，沾着黏稠的液体，像是臭水沟里的咳嗽糖浆，恶心死了。班七七的头发痒了，梦里的她也不敢用这样的手去抓一下。

夏令营的活动很多。小帕爬山很快，大头丁学会了插秧，班七七捡垃圾最认真。“严格要求，以后才能不平庸。” 小新老师说得对，班七七不能因为垃圾是没用的东西就随手扔掉，小新老师还说，“你觉得没用的东西，对这座大山来说更没用。有的垃圾得用数十年甚至上百年，才能降解。”班七七不愿意带给大山这么难消化的问题，她会注意的。不过，她有点儿不好意思，因为捡垃圾的时候太认真，防晒帽和手

DREAM

绢都不见了。

夏令营的最后一夜，努力的班七七做了一个童话般的美梦。萤火虫飞舞，她梦到最小的灯盏，漫山遍野。

小翅膀明白了，孩子能从噩梦中学习成长。

马达的噩梦，真的是成长哦。跟着爸爸妈妈去国外旅行的马达，一路玩得太兴奋了。他第一次吃了长得像莲花座似的洋蓟，第一次看到会悬停和倒飞的蜂鸟，还有喷出澎湃水柱的鲸鱼……这次旅行，让马达体验了好多的人生第一次。

等回国以后，大人倒时差，翻来覆去睡不着，可小孩怎么也失眠——这不是大人才得的一种病吗？马达睡不着，脑袋里像上弦的闹钟分秒不停。每个晚上会来一艘大航船，把大家都接走，只留下马达一个人，在孤孤单单的岸上，他都头疼了。

后来马达做了个噩梦，一块大石头从天而降，马

达用手托住，往天上推。虽然托起来，大石头像热气球般弹起来，可掉下来能把人砸死。马达就这样，惊恐地，一次又一次，伸着胳膊托举。

醒来以后的马达很高兴，因为，即便是噩梦，至少证明他睡着啦。挨饿的人，尽管没吃到什么美味，填饱肚子总是好的。一次次，噩梦中的马达不停地伸腰举胳膊——清晨吃早饭的时候，爸爸惊讶地发现了马达的变化："儿子，你怎么一夜之间就长高了！"

小翅膀的噩梦

当然，不可能全是这样的美差。噩梦就是噩梦，否则它就和美梦一样受人欢迎了。

小翅膀以前忍不住修改噩梦，为它们增添一抹明亮的色彩，让苦药中也有一勺糖。小翅膀因此受罚，从咔嚓那个梦开始，他就很难这么做了。管理小精灵的大精灵巴巴乌警告小翅膀，不允许他往噩梦里添加任何东西："再说一遍，任何东西都不许放！"那些给梦增加内容所需要的工具，小翅膀的画笔啊、颜料啊，都被没收了。

巴巴乌表情严肃："别瞎想了，你的创意不许添加在噩梦里！在我们这里，噩梦是做好的蛋糕，你在上面不能多加一朵奶油花！"

运气好的时候，噩梦的结果并不差；可惜好运气是少数。小翅膀老老实实地送噩梦，直到想出新主意：

不让添加，我就删减！

有个噩梦非常锋利，小翅膀把它的尖角修成树叶的花边；有个噩梦全是窟窿，小翅膀把它刻成剪纸。好像剪辑师剪掉电影镜头，小翅膀把噩梦中最恐怖的一幕剪掉。他知道残酷的纪律，他知道不能像对待腐烂的水果一样把它们丢弃，他知道，所有这些镜头都不许作废，必须应用到具体的噩梦之中。

小翅膀知道。他准备好了，由自己来承担噩梦的后果。

除了一根轻盈的羽毛，巢里空空如也。小鸟是否跟随着光线、气流和磁极，加入迁徙的队伍，飞向远方？小翅膀收拢翅膀，蜷曲双脚，安静地躺在鸟巢里。天际，一弯弦月像垂下金色睫毛的眼帘。

所有剪下来的镜头都会涌来，小翅膀即将到来的噩梦里全是最为可怕的内容，是他亲手从孩子们的梦里剪下来的。沟壑，深渊；魔鬼，野兽；受伤，流血，

甚至是被吃掉。这些画面，就是说出来都令人颤抖，何况小翅膀要身临其境。一般人的噩梦有害怕的时候，也会有喘息的空隙，恐惧不会来得那么密集。可小翅膀将在一个夜晚里轮番体会各种不幸和灾难，这个噩梦最深、最重。

小翅膀担心自己在梦中失声尖叫，他不愿惊扰夜班精灵们。让小伙伴睡个好觉吧，小翅膀独自远离，躲到这个寂寞的空巢里。

这个噩梦，是小翅膀为自己制作的。如果能带来好梦的翻转和安慰就好了，可惜小翅膀只能为孩子们减少一些噩梦的可怕场面，减轻一些噩梦的可怕程度。天平这边，是小翅膀一个人做噩梦；天平那边，许多孩子不必做那么可怕的噩梦——小翅膀想，这样换，值得。

每个人的一生都难免伤害别人，有人容易原谅自己，有人会内疚。许多精灵只喜欢恶作剧，只喜欢捉弄人，小翅膀不。如果能够，他愿意以自己的牺牲做些弥补。破损的东西，受伤的情感，可以用各种东西去尝试弥补：用针线，用胶水，用蜗牛的腺液；用信任，用歉意和爱意，用温情和深情……就像小翅膀相信，自己的翅膀即使被今夜的雨水打湿，第二天清晨，他还会飞起来。

小翅膀熟知噩梦的来历，他不怎么害怕，甚至有点儿好奇。小翅膀明白，有时善良和付出，得到的反而是伤害。假设一个孩子遇到危险就躲到妈妈怀里，什么都不知道，就不容易做噩梦；假设你是个小勇士，迎接上去，离可怕的东西太近，就容易做噩梦。小翅膀不逃避，他想成长，他一想到因为自己做噩梦，就有人得到了美梦或者平安梦的补偿，他就感到安慰和喜悦。何况，小翅膀熟知恐惧，才能更善意地体验孩子们的心理，更聪明地帮助他们。

像入睡的毛毛虫蛹那样，等待破茧而出；像打打那样，有意或无意给别人带来不愉快，需要用代价偿还；像小帕那样，锻炼自己不怕高处的风雨，

即使睡在巢穴里的自己不会受到长辈呵护，也要独自面对……小翅膀相信自己可以。小翅膀有什么怕的？盲童阿灯看不见这个世界的陷阱，都不怕啊。小翅膀觉得，那些他曾帮助过的孩子，反过来都在默默地帮助自己。虽然他不知道自己在噩梦里会经历什么险境，会遇到看似可怕的谁……但无论遇到什么，他们或许都有着咔嚓那样的孤独，小翅膀愿自己能表现得和阿灯一样，希望他和梦中遇到的朋友能够彼此照亮。

想着想着，小翅膀渐渐困了。他的心非常宁静，他恍惚意识到，树下的春天，花海汹涌。桃、杏、海棠、连翘、诸葛菜、珍珠梅……开得那么多，开得那么璀璨，像溅开的雨滴，像密如繁星的小宇宙。颜色那么多，碧桃、黄刺玫、金娃娃萱草……哎呀，光是紫，就有紫荆、紫菀、紫薇、紫鸢、紫叶李。还有花香，不只是丁香和玉簪，那么多的香气，或浓或淡，或远或近，传过来。有的是焦糖味儿的，有的是蜂蜜味儿的，有的是海盐味儿的，有的就是他自己无法形容、无法概括又无法替代的那种香味儿。还有的树，似乎没有什么味道，其实像洗澡过后什么也闻不到的那种干净味儿。各种植物的味道，花的、草的、树的，汇聚在一起，像小溪汇入河流，像河流汇入大海……海的力量有多大呢？无论多么沉重的事情，都能够被轻盈地托举起来，像托起一条唱歌的鲸鱼。那些花之所以美得动人，因为它们开在光秃秃的冬天之后。美梦和噩梦之所以惊心动魄，因为它们焰火般的力量，爆发在黑暗里。

只要足够勇敢，像潜水员那样潜入深海，就会发现，那里有阿灯和咔嚓知道的海底圣诞节。噩梦中也有美，只要有一颗聪明敏感的心，就能发现。你会发现，冷血的蜥蜴，就像全身都镶嵌着小粒的珠宝；蜘蛛就像有八根时针的小型钟表，在自己的网上旋转走动；会蜇人的马蜂是个穿铠甲佩剑的骑士，为自己的家园和荣誉而战。就连谁见了都说要倒霉的乌鸦，看

看它们的羽毛，有着燕尾服那样优雅的黑色。

花香和虫鸣之中，小翅膀睡着了。

没有人知道实情。小翅膀坚持说，那个梦境很珍贵，甚至说它美好。

是不是怕别人担心，小翅膀不忍心把噩梦中的恐惧说出来？是不是，对小翅膀来说，噩梦司空见惯，根本就吓不住他？是不是，小翅膀从最具难度的雪道上滑下来，最快掌握防范技巧，锻炼出胆量的小翅膀从此成了最勇敢的精灵？是不是，负负相乘得正，那些恐怖级别的内容凑在一起，彼此相克，洪水把深渊填成了湖泊，魔鬼和野兽吓得晕了过去，所以那个噩梦反倒像真空一样安静，小翅膀睡得很香？

小翅膀的命运，会不会像浆果一样，看到羽化的彩翼；会不会像打打一样，在梦里受到了美好的教育；会不会像小帕一样，在重复性恐惧里，超越自己；会不会像阿灯一样，发现亲爱的朋友……或者，会不会有一双大翅膀，像个保护神秘密降临，去拯救小翅膀的噩梦，就像小翅膀对孩子们所做的一样？

反正，你喜欢哪种，故事就按哪种方式发生。也许你想象出另外的答案、另外的结尾……猜想和梦想一样：凡事皆有可能。

你只要牢牢记住，有时候，不是因为你做了坏事才有了噩梦。噩梦也可以是对战士的训练，或者，是对英雄的嘉奖。就像小翅膀一样，你做噩梦，某个地方的小朋友才有平安的睡眠——你就是他的小英雄，即使他不知道你的名字。

梦境乐园

梦，让我们领略奇迹和灾难，见识英雄和魔鬼。

坏梦可以变成好梦，好梦也可以变成坏梦。如果你做了一个吃大餐的梦，醒了以后，如果正在挨饿，就会不开心。如果梦里冰天雪地，快被冻死了，醒了以后，你被妈妈搂在怀里，就会觉得幸福。好梦、坏梦，取决于你怎么看待遭遇的一切。

后来啊，大家越来越分不清楚，到底什么是好梦、什么是坏梦。蘑菇漂亮却有毒，巧克力有苦味儿却好吃。很难说一个梦，更像好梦还是更像坏梦……你说，灰色，更像黑色还是更像白色呢?

也许，什么样的梦都是好的，因为它把我们带到一个更神秘的世界。想想吧，妈妈们的孩子，有人听话乖巧，有人淘气捣乱，但妈妈都爱他们。我们也应该爱各种性格的梦，包括噩梦。好在，不管什么样的梦都会醒，不管什么性格的孩子都会长大。

后来啊后来，小翅膀经常去送美梦。

你不要以为，每个送美梦的精灵，都要经过噩梦锻炼，懂得珍惜之后，才改变处境；你不要以为，小翅膀的努力，终于换来命运的转折。

不，不是这样的。

以前，送美梦和送噩梦的精灵分开住，美梦峰下就是噩梦谷；现在，他们住在一起。所有的梦都储存在一起，不分好梦和噩梦。这是一种公平。没有哪个孩子一直都做美梦，没有哪个孩子一直都做噩梦。小精灵也乐意，因为任务再也不是重复单调的，他们不知道自己今晚扮演小恶魔还是大天使，绸带下到底是礼物包还是炸药包……意外才让人惊喜。

每个梦，都是一次历险。游乐园里，有叮叮咚咚的旋转木马，也有惊心动魄的过山车。那些在门口排队的小朋友，如果只是听到别人的欢笑或尖叫，自己

却不敢尝试，那是多么遗憾和悲伤的事情啊。

准备好了吗？梦境之门即将打开，小精灵们准备出发，嗯，倒计时开始了……